中经典
Novella

Samanta Schweblin
DISTANCIA DE RESCATE

营救距离

[阿根廷] 萨曼塔·施维伯林 著 姚云青 译

人民文学出版社
PEOPLE'S LITERATURE PUBLISHING HOUSE

著作权合同登记号　图字 01-2017-6234

Distancia de Rescate
© 2014，Samanta Schweblin
All rights reserved

图书在版编目(CIP)数据

营救距离 /（阿根廷）萨曼塔·施维伯林著；姚云青译.
—北京：人民文学出版社，2017
（中经典）
ISBN 978-7-02-013466-3

Ⅰ.①营… Ⅱ.①萨… ②姚… Ⅲ.①长篇小说-阿根廷-现代 Ⅳ.①I783.45

中国版本图书馆 CIP 数据核字（2017）第 255173 号

总　策　划	黄育海
责任编辑	朱卫净　邰莉莉
装帧设计	张志全

出版发行	人民文学出版社
社　　址	北京市朝内大街 166 号
邮政编码	100705
网　　址	http://www.rw-cn.com
印　　刷	上海盛通时代印刷有限公司
经　　销	全国新华书店等
字　　数	60 千字
开　　本	889 毫米×1194 毫米　1/32
印　　张	3.25
插　　页	2
版　　次	2018 年 1 月北京第 1 版
印　　次	2018 年 1 月第 1 次印刷
书　　号	978-7-02-013466-3
定　　价	25.00 元

如有印装质量问题，请与本社图书销售中心调换。电话：010-65233595

"它们就像虫子。"

什么样的虫子？

"像虫子，爬得到处都是。"

男孩对着我的耳边在说话。我在提问。身体里的虫子？

"对，在身体里。"

地里的虫子？

"不，是另一种。"

这里很暗，我什么都看不清。粗糙的床单紧贴住我身下。我动不了，我说。

"是因为那些虫子。耐心点儿，等等。我们要利用这段时间，找到虫子诞生的具体时刻。"

为什么？

"因为这很重要，这对大家都至关重要。"

我想点头，但身体不听使唤。

"在我家花园里还发生了什么？我在花园里吗？"

不，你不在。但你妈妈卡拉在。我们几天前刚到那座房子里时，我认识了她。

"卡拉在做什么？"

她喝完咖啡，把杯子放在草地上，放在自己的躺椅旁边。

"然后呢？"

她站起身走开了。她忘了穿上她的凉鞋，凉鞋就在几米开外，搁在泳池的台阶上。但我什么都没说。

"为什么？"

因为我想等等，看看她要做什么。

"她做了什么？"

她把包挎在肩上，穿着那身金色的比基尼，走向她的车。我们之间有互相吸引的地方，但同时也隐约能感到互相排斥，在某些具体的情况下我能感觉到这一点。你确定我们这样谈话是必要的吗？我们有时间吗？

"至关重要。你们为什么去花园？"

因为我们那时刚从湖边回来，你妈妈不想进我家。

"她想帮你避开麻烦事。"

什么样的麻烦事？我得一次次在屋里进进出出，先是拿柠檬汁，然后拿防晒霜。我不觉得她是在帮我省事。

"你们为什么去湖边？"

她想让我教她开车。她说她一直想学。但到了湖边，我们两个人却都没耐心了。

"然后你们在花园里干了什么？"

她打开我的车，坐在方向盘前，在她的手提包里翻找了一会儿。我把腿从躺椅上挪开，等待着。天很热。过了一会儿，卡拉停了下来，用双手抓住方向盘。她保持着这个姿势听了一会儿，望着大门，也可能是在望着她家的方向,在门后很远的地方。

"还有呢?你怎么突然停下来了?"

我卡壳了。我能清清楚楚地看到这一切,但有时我却很难继续讲下去。是因为护士给我注射的那些东西吗?

"不是。"

但是我再过不久就要死了,对不对?这里太安静了,静得有点儿诡异。就算你不告诉我,我也知道,虽说一个人本该是没法知道这一点的。

"这一切都无关紧要。我们在浪费时间。"

但这是事实,对吗?我要死了?

"花园里发生了什么?"

卡拉把额头贴在方向盘上,她的肩膀抽动了一阵子:她开始哭了起来。你觉得我们快接近那些虫子出现的时候了吗?

"继续,别忘记那些细节。"

卡拉没发出任何声音,但我还是站起来,走到她身边。打从第一眼看到她的那时候起,我就喜欢上了她——那天她在太阳下提着两个塑料水桶走过,红色的头发梳成大大的发髻,穿着园艺背心。我从来没见过别人用这些东西。是我坚持请她喝柠檬汁,然后又请她第二天上午来喝马黛茶。日复一日,日复一日。这些算是重要的细节吗?

"那个具体时刻就藏在某个细节中,需要仔细观察。"

我穿过花园。当我走过游泳池时,我朝餐厅方向看了一眼。透过落地窗,我看见我的女儿妮娜抱着她的长毛绒鼹鼠娃娃，还在熟睡。我从副驾驶那一侧上了车。我坐下来，任车门敞开着，摇下车窗，因为天气很热。卡拉的大发髻有点儿松开了，倒在一侧。她感觉到我在那里，再次来到她的身边，于是她看着我。

"如果我告诉你，"她说，"你就再也不想看见我了。"

我想着该说点儿什么，比如说"别傻了，这太荒谬了"，但我什么也没说出口，只是看着她的脚，脚趾紧紧蹬在汽车的踏板上；我看着她修长的双腿，她纤细但结实的胳膊，惊讶于一个大我十岁的女人怎么还能这样美。

"如果我对你说了，"她说，"你就不会让他再跟妮娜一起玩了。"

"可是卡拉，拜托了，这怎么可能呢。"

"你不会喜欢他的，阿曼达。"她说着，眼中满溢着泪水。

"他叫什么？"

"大卫。"

"是你的孩子？你儿子？"

她点点头。那孩子就是你，大卫。

"我知道。继续。"

她抬起手，用指关节拭了拭眼泪，手上的金色镯子叮当作响。我从没见过你，但当我对我们的出租公寓管理人赫塞尔先生提起我要来看卡拉时，他当即就问我是否认识你。卡拉说："他曾是我的孩子，可现在不是了。"

我看着她，迷惑不解。

"他不再是我的孩子了。"

"卡拉,一个儿子一辈子都是你的孩子啊。"

"不,亲爱的。"她说。她长长的指尖指向我的眉心。

这时我想起我丈夫留了些烟。我打开小抽屉,把打火机递给她。她一把将东西从我手中拿走,一股防晒霜的香味弥漫在我们两人之间。

"大卫刚出生时可爱极了。"

"我敢肯定。"我说完就意识到此刻我最好闭嘴。

"当大家第一次叫我保住这孩子时,我正处在一个特别焦虑的状态。我坚信我的孩子缺了一根手指。"她将香烟放在唇间,想起那段回忆不禁微微笑了一下,接着她点上火,"护士跟我说,有时候新妈妈会有这种焦虑,这种感觉会挥之不去地折磨着她。大卫出生后,我数了十几遍才确信他的十个手指都在,确信一切都好。现在想来,大卫有没有少一根手指头这种事情根本无关紧要。"

"大卫怎么啦?"

"当年的他真是太可爱了,阿曼达,那么阳光活泼,每天笑个不停。他最喜欢出门去玩。从小只要带他去广场,他就乐得发疯。你看,这里不能骑小车,但在镇里就可以。从这里到广场上去,一路上会看到很多别墅和小房子,弄得我们满身泥土,但大卫那么喜欢去那儿玩,所以从他三岁的时候起,我们就常常抱着他,一路走过十二个街区带他去广场。等他看到滑滑梯出现在眼前,他就会乐得尖叫起来。——车里的烟灰缸在哪儿?"

烟灰缸放在小桌板下面。我拉出抽屉,把烟灰缸递给她。

"大卫在大约六年前生了一场大病。当时正是棘手的时候。我开始在索托马约尔家的农场工作,那也是我人生中的第一份工作。我在那里当会计,尽管说实在话我其实对会计一窍不通。这么说吧,我其实是在那里做些案头工作,整理文件,帮忙加加减减算数什么的,但我很喜欢那份工作。我每天穿得整整齐齐的,走去那边处理各种文件。你们这些首都人可能不理解,在我们这里,要打扮得漂漂亮亮的需要找一些理由,'为了工作'这个理由对我来说最理想了。"

"你丈夫呢?"

"奥马尔养马,你应该听别人说过。奥马尔是另一种风格的。"

"我昨天带妮娜出门散步时好像看见了你丈夫。他开着一辆小卡车,我们跟他打招呼,他没有回应。"

"是的,奥马尔现在是这样的。"卡拉说着摇摇头,"当我刚认识他的时候他还会笑笑。他的工作是养赛马,养在镇子的另一头,湖的后面。但当我怀孕后他就彻底搬过来了。这里是我父母的房子。当奥马尔决定搬过来后,我们拿出所有的钱,把房子整个装修了一番。我想在地板上铺上地毯。没错,就我们的情况而言,这种想法非常荒唐,但这是我的梦想。奥马尔养了两匹名贵的母马,它们生了两匹小马,叫'悲伤猫'和'细羚羊皮',这两匹马已经卖掉了，至今还在服役，在帕勒莫和圣伊希德罗参加比赛。之后它们又产下另外两匹赛马，还有一匹小马驹，但名字我已经记不得了。要做好这门生意，你得有一匹好的种马，奥马尔借来了一匹最好的。他在母马的地盘后面给小马驹单独造了一个围栏，种上苜蓿，一切准备妥当后，他才开始安安静静地装修马厩。他签了一个协议，把种马租来两三天，等小马驹出生后，卖掉的钱有四分之一归种马的主人所有。这可是很大的一笔钱，如果种马足够优秀，小马驹又养得好，每只小马驹可以卖出二十万到二十五万比索。因此我们带来了这匹种马，奥马尔成天看着它，像僵尸一样跟在它背后，数着它上了每只母马多少次。等我从索托马约尔回来他才能离开，然后轮到我来当班，我在厨房里，不停地从窗户后面往外看，你可以想象一下这个场景。问题是，有一天下午，我正在洗碗，忽然意识到我有一阵子没看见那匹种马了。我跑向另一扇窗户，然后又看了另一扇，从我最后一次看见它的地方开始往后找，但一无所获：那些母马还在，但哪里都没有种马的影子。当时大卫刚开始学走路，我走到哪儿他都要跟着我；于是我一把抱起他，冲出门去。我们这里地方不大，一匹种马应该是很显眼的，找不到就是找不到。很明显，那匹种马不知怎么地跳出围栏去了。这很少见，但这种情况也确实会发生。我跑到马厩，向上帝祈祷马还在，但那里也没有种马的身影。我想起了镇上的小溪，它很小，但是位于山下，如果一匹马跑去那边喝水，从家里是看不见的。我还记得大卫在问我怎么了，于是我出门前一把抱起他，他环抱着我的脖子，在我大步往外冲的时候，他的声音在我的耳侧两边回响。'在那边，妈妈。'大卫说。于是我看见了那匹种马，正在小溪旁喝水。我向下跑去，大卫想下来自己走，于是我把他放到地上，叫他不要靠近那匹马。然后，我蹑手蹑脚地走近那匹种马。有几次它躲开了，但我保持耐心，继续靠近，终于，它对我放下了戒心。我一把抓住了它的缰绳。我至今还记得，当时自己是多么地如释重负。我长吁一口气，大声对它喊'如果你丢了，我们会倾家荡产的，你这忘恩负义的东西！'你看，阿曼达，这就像我当时觉得大卫少一根手指的事情一样。你会觉得'破产是世界上最糟糕的事'，然后更糟糕的事情发生了，届时你宁愿用家产、用生命来挽回这一刻。如果时光倒流，我一定会放开那该死的畜生的缰绳！"

这时我听到客厅的沙门被拉开的声音；我俩一齐望向房子的方向。妮娜出现在门口，抱着她的鼹鼠玩偶。她还有点儿没睡醒，意识蒙眬，所以虽然她到处都没看见我俩，却也并没慌张。她一手抱着玩偶，一手抓着扶手，小心翼翼地走下门廊前的台阶，踩到草坪上。卡拉重新靠回座位上，默不作声地从后视镜看着她。妮娜看着自己的双脚。从我们到这儿以来，她一直喜欢玩这个游戏：在草地中伸展和蜷曲自己的脚趾头，牢牢地抓住地面。

"在那时，大卫在小溪里蹲下了。他的鞋子全部被溪水浸透，双手浸在水中。然后他开始吮吸自己的手指头。

这时，我看到了一只死掉的鸟。那鸟就死在距离大卫一步之遥的地方。我惊恐地对他大叫起来，把他也吓到了；他一下子站起来，结果惊吓中一屁股摔倒在地。我可怜的大卫！我拖着那匹马朝他奔去，马使劲嘶鸣，不想跟着我走。我想方设法地一手拉着缰绳，带着大卫一起爬上岸去。"

这整件事，我一个字都没跟奥马尔提。何必呢？闯的祸已经解决了。但是到了第二天，种马一早上没露脸。"它不见了，"奥马尔说，"它逃走了！"我几乎准备要告诉奥马尔这匹马已经逃走过一次的故事了，但此时他发现种马倒在牧草中。"该死的！"他说。

种马的眼皮肿得吓人，我们几乎看不见它的眼睛了。马的嘴唇、鼻孔还有整张嘴都肿得老大，看起来完全像是另一种生物了，像某种怪物。奥马尔连抱怨的力气都没了；他说种马的心跳快得像横冲直撞的火车。他赶紧派人去找兽医了，几个邻居跑过来围观，所有人都在跑东跑西，而我，绝望地冲回家里，把还在儿童床里睡觉的大卫一把抱出来，关上卧室的门，抱着他倒在床边祈祷，像个疯子一样祈祷，我这一生从来没有这样祈祷过。也许你会问，我为什么不赶紧跑去诊所，而是把自己关在房间里祈祷？但要知道有时候你甚至没有时间去确认灾祸的严重性。不管那匹马吃了什么，我的大卫肯定也碰了；而如果那匹马濒临死亡，我的大卫也不会有活命的机会。我对这一切都心知肚明，在这镇上类似的事情我也有所耳闻，甚至曾经亲眼见过：你只有几个小时，有时候甚至只有几分钟的时间，去寻找出路，而在一个乡镇医院，光在诊所外排队就要耗掉你半个小时，而这点儿时间花在路上都不够。我需要不计一切代价，找到一个方法来救我儿子的命。

我又看了妮娜一眼，她正在走向游泳池。

"有的时候你不能面面俱到，阿曼达。我也不知道当时我怎么了，为什么我会把注意力都放在了那匹该死的马身上，而没有好好看住我的儿子。"

我自问如果在我身上发生卡拉遭遇的事情该怎么办。我总是会设想最坏的情况。就在此时此刻，我也在心里计算着，如果妮娜突然跑向游泳池并一头扎进去，我从车里奔出去救她需要多久。我将这个距离称为"营救距离"，我用它来代表我和我女儿之间的这段距离。我会花半天的时间计算这段距离的长度，尽管我总会稍稍冒险超出一点儿。

"最后我终于决定了该怎么做：我越想越觉得，那是唯一可行的办法了。我抱起大卫，他正被我的失态吓得大哭；然后冲出了屋子。奥马尔正在跟两个围在马旁边的男人讨论着什么，时不时抚摸着那匹种马。还有两个邻居从后面的地头朝我们这儿看，时不时插入两句讨论，田间充斥着男人们的大声叫嚷。我跑出去的时候谁都没注意到我们。我跑上街——"卡拉说着，指着我花园后院的门，"我去了绿房子那儿。"

"什么绿房子？"

香烟的最后一点灰烬落下来，正好掉在卡拉的胸间。她稍微掸了掸，随后叹了口气。我想我之后得要清洗这辆车了,我丈夫对这些卫生细节总是特别重视。

"我们住在这儿的人有时候会去绿房子拜访。因为我们知道,要把医生们从诊所叫过来需要等好几个小时,而他们有时候来了也是一点儿用处都没有。如果情况严重,我们就会去找'绿房子里的女人'。"卡拉说。

妮娜将她的鼹鼠玩偶放在我的躺椅上,摆在浴巾的上面。她朝着泳池走了几步,我警觉地从座位上直起身体。卡拉也向她看去,但她似乎觉得并没有什么危险的隐患。妮娜弯下身,坐在泳池边,将双脚浸入水中。

"她不是一个预言家,那女人一直这么澄清。但她能看到人体内的能量流动,还能对此做出解读。"

"怎么'解读'"?

"她能看出一个人是否得了病,看出是身体哪部分的能量出了问题。她能治疗头痛、恶心、皮肤溃疡、吐血,等等。如果来得及时,她还能阻止流产。"

"有这么多流产?"

"她说都是因为能量出问题的缘故。"

"我外婆以前也常这么说。"

"她的工作就是探查能量的流动,如果是不好的能量就阻止它,如果是好的能量就促进它的循环。镇上的人们经常找她咨询,有时候也会有人从外乡来找她。她的孩子们住在她家的后面。她有七个孩子,全都是儿子。他们负责照顾她,她要什么就给她什么。但据说这些儿子永远不能进那绿房子的门。我们要不要一起去泳池找妮娜?"

"不用了,不必担心。"

"妮娜!"卡拉叫了她一声。妮娜这时才看到我们坐在车里。

妮娜甜甜地笑起来,露出小酒窝,皱了皱鼻子。她站起来,从躺椅上拿起她的鼹鼠玩偶,朝我们这儿跑来。卡拉探身向后,给她开了后座的门。她在驾驶座上移动自如,难以相信她是今天第一天上我们的车。

"但我得再抽一根了,阿曼达。对不起,妮娜,但是不再来一根,我没法继续讲完。"

我做了个无奈的手势,又一次把烟盒递给她。

"把烟吹到窗外去。"我说话时,妮娜正爬上座位。

"妈咪。"

"怎么啦,小胖妹?"卡拉问。但妮娜无视了她。

"妈咪,我们什么时候能打开那盒棒棒糖?"

妮娜坐下来,照她爸爸教她的样子系上安全带。

"一会儿就开。"

"OK。"

"OK。"卡拉说。直到这时我才注意到,在卡拉的叙述过程中,已经不像她刚开始时那样情绪激烈。她没有哭,也没有把头抵在方向盘上。她继续讲着自己的故事,仿佛拥有无尽的时间,仿佛在享受重新回忆这一切的过程。我自问大卫,你是否真的像她说的那样,改变了那么多,自问卡拉是否在讲述这段经历的过程中,短暂地回忆起了当年那个还没有变得那么陌生的自己的儿子。

"那女人一打开门,我就把大卫塞在她怀里。那个女人不但很神秘,也很谨慎理智。她将大卫放在地上,给了我一杯水,让我先冷静一点儿再开始讲话。那杯水让我稍稍镇定了一点儿,这是真的,有那么一会儿,我甚至开始怀疑我的恐惧是否只是自己在发神经。我想那匹马可能是因为别的原因才生病的。那个女人仔细地观察着大卫,把放在电视机柜上装饰用的小人偶拿给他玩。她走近大卫,和他一起玩了一会儿,仔细地打量着他,有几次悄悄地将手搭在他的肩膀上,或托住他的下巴仔细看他的眼睛。'那匹马这会儿已经死了。'那女人说,而我发誓我还一个字都没提过马的事。她说大卫还有几个小时,或者一天,但很快他就得需要辅助呼吸。'这是中毒,'她说,'毒素会侵蚀心脏。'我看着她,几乎不记得自己这样待了多久,浑身冰凉,一个字都说不出来。这时,那个女人说了一些可怕的话。那些话甚至比宣布我儿子马上要活不成了还要更可怕。"

"她说什么?"妮娜问。

"去吧,去拿棒棒糖。"我说。

妮娜解开安全带,抓起玩偶,向屋子的方向跑去。

"她说大卫的身体承受不住这种毒素,会死;但我们可以进行一个转移仪式。"

"转移仪式?"

卡拉掐灭还没抽完的香烟,使劲伸展双臂,几乎拉直了整个身体,仿佛吸烟这个动作已经令她筋疲力竭。

"如果我们及时把大卫的灵魂转移到另一具身体中,部分的毒素会跟着他一起转移。将毒素分在两具身体中,就还有可能挺过去。这不是个稳操胜券的方法,但有时候有效。"

"什么叫有时候有效?她之前已经这么操作过了吗?"

"这是能保住大卫性命的唯一办法。那女人说完又推给我一杯茶,说慢慢把它喝下去能有助我冷静。但我两口就把它喝光了。我几乎没法理解自己刚刚所听到的一切。我的脑中一团乱麻,自责和恐惧感占据了我的身心,令我浑身不停地颤抖。"

"但你相信这种事情吗?"

"这时候,大卫摔倒了,或者说我觉得他是摔倒了。他花了好久想重新爬起来。我看着他的后背,他穿着自己最喜欢的那身小士兵罩衫,想方设法地支撑双臂的力量想站起来。他的动作笨拙无力,让我想起几个月前,他刚刚开始学会自己站立时的样子。如今照理说他应该不用那么吃力了。于是,我意识到我的噩梦真的开始成真了。当他重新向我转过身时,我看到他拧着眉毛,姿势奇怪,仿佛在承受着痛苦。我跑向他,将他紧紧抱在怀中。我抱他抱得那么用力,阿曼达,我觉得全世界任何人、任何东西都无法再来掰开我的双腕了。我听到他的呼吸,紧挨着我的耳边,听起来有点儿急促。那个女人柔和但坚定地将我们拉开。大卫坐到一张扶手椅上,开始揉眼睛和嘴。'要赶快了,'那女人说。我问她大卫会到哪里去,我指大卫的灵魂——它会逗留在这附近吗？我们能否替他选一户好人家？"

"我不确定我是否听懂了，卡拉。"

"你明白的，阿曼达，你完全明白的。"

我想告诉卡拉这一切听起来都是如此的荒谬。

"那是你的主观想法。那不重要。"

我没法相信这种故事，但是这段故事中又有哪一段是适合我评价的呢？

"那女人说，她没法替灵魂选择家庭，"卡拉说，"她没法知道分离出的灵魂去了哪里。她还说，转移仪式是要付出代价的。一个身体里不会有两个灵魂，也不会有一具身体里面没有灵魂。转移仪式会把大卫的灵魂带到一具健康的身体中去，但也会把一个陌生的灵魂带入这具生病的身体中。每个身体中的一部分灵魂都会留到另一具身体中，他们都不再是原来的他们了，我要对这个新的他做好准备。"

"新的他？"

"但对我来说，重要的是要知道灵魂去了哪里，阿曼达。但那女人不同意，她说最好不要知道。她说最重要的是将大卫从这具生病的身体中解放出来，同时她要我明白，即便大卫已经不住在这具身体里了，我也要对这具身体负责，不管发生了什么。我必须履行承诺。"

"但大卫——"

"就在我们在讨论此事的时候，大卫又凑上前来抱住我。他的眼睛已经开始发肿，眼皮又红又紧绷，就像那匹马一样。他没有大哭,没有喊叫,也没有眨眼,只见眼泪默默地流出来。他此刻又虚弱又害怕。我在他的额前轻轻一吻,立即注意到他的高烧热度正在飙升。飙升啊,阿曼达。此时此刻,我的大卫正在离我而去。"

你的母亲紧紧抓着方向盘,看着我家屋子的门。她正在再次失去你:这个故事中快乐的部分已经结束了。在我几天前刚认识她时,我还以为她和我是一样的人呢:在这附近临时租个房子,丈夫在附近上班。

"你为什么觉得她也不是镇上的人?"

"可能是因为她看上去总是打扮得那么精致:穿色彩缤纷的衬衫,梳着大发髻,看起来如此美丽、如此与众不同,与周围的一切显得格格不入。此时,我担心她又会开始哭起来。我希望她不要跑出我丈夫的车。我想起妮娜还一个人在屋子里转悠。我也许该叫妮娜拿好棒棒糖后回到车里。不,也许还是让她离得远点儿好,这故事跟妮娜没有任何关系。

"卡拉。"我说。

"我对她说可以,动手吧。请她该怎样做就怎样做。那女人叫我们去另一间房间。我抱起大卫,他在我的肩头已经陷入昏迷。他的身体烧得滚烫,浑身肿胀,摸起来感觉很不习惯。那女人打开了一间房间——位于走廊尽头的一间。她对我做了个手势,让我在门口等着,然后她便钻了进去。屋子里很暗,从外面看很难猜出她在做什么。她拿出一个大水盆,将它放在房间的中央。我从水声中听出来了——她先将水倒在一个水桶中,再倒进了水盆里。然后那女人出来了,去了一次厨房,走到一半时她转回来,看了一会儿大卫,观察他的身体,仿佛要记住他的形状,或者是他的身高。之后她带着一大团麻绳和一个电风扇回来了,又一次钻进那个屋子里。大卫烧得非常厉害,当我将他放下来时,我的脖子和胸部都已经被他的汗水浸透了。仪式操作起来很快,那女人从屋子里伸出手,抱走了大卫,两人一起又消失在黑暗中。那是我最后一次抱着他。之后那女人又一次走出屋子,将大卫留在里面。她带我去了厨房,又给了我一杯茶。她说现在只能等着。她还说,如果我现在在屋子里走动,可能也会无意中影响一些不该移动的东西。这是一场转移仪式,她说,只有那些准备好要出发的东西才能移动。于是我紧紧抓住茶杯,将头靠在墙上,等待着。那女人又沿着走廊远去了,没有再说什么。大卫一直没有出声叫我,我也没听到他说话或哭泣。过了一会儿,大概两分钟以后,我听到那房间的门又关上了。在我的面前,在厨房的搁架上,有一个大相框,那女人的七个儿子(都已经是大男人了)从镜框中对着我笑,上身赤裸,被太阳晒得皮肤发红,倚靠在他们的钉耙上。在他们的背后,是一块刚收割好的豆田。我就这样一动不动地等了很久。大概两个小时,我估计。我没有喝茶,也一直没有将头从墙边挪开。

"在整个这段时间中,你听到什么没有?"

"什么也没有。到一切都结束了,门才重新打开。我抬起头,将那杯茶推到一边,浑身紧张,但却没有勇气站起来。我什么都做不了。我听到了那个女人的脚步声,现在我对她的脚步声已经很熟悉了。但没有其他任何动静。脚步声走到一半停了,我还没法看见她。这时,我听到她叫了他的名字。'我们走,大卫。'她说,'我带你去找你妈妈。'我紧紧抓住椅子的扶手。我不想看到他,阿曼达。我只想绝望地逃跑。我自问在他们走到厨房前我能不能跑到出口溜走。但我无法动弹。这时我听到了他的脚步声,轻轻地踩在木头地板上。那么短促不安,和我的大卫完全不一样。他每走四五步就要停一停,那个女人于是也会停下来等他。他们几乎快走到厨房了。我看到了他的小手,这会儿上面污迹斑斑的,都是已经干掉的泥土和灰尘。那只小手摸索着墙壁,支撑住他的身体。我们面面相觑,但我立刻就又挪开了视线。那女人将他推向我的方向,他走了几步,磕磕绊绊的,然后又重新抓住桌子。我相信在整个过程中我都屏住了呼吸。当我重新开始呼吸时,他又自己向我走了几步,而我朝后缩了一缩。他的肤色通红,浑身是汗。他的脚是湿的,在地上走过时留下一条潮湿的痕迹,这会儿正渐渐收干。

"你没有碰他吗,卡拉?你没有拥抱他吗?"

"我盯着他脏兮兮的双手看。他抓着桌子的边缘慢慢挪动,仿佛把那当成栏杆紧紧抓住;这时我看到了他的手腕。他的手腕上,还有上面一点儿的地方,有一道道手镯形状的印痕,可能是麻绳弄的。'看起来有点儿残酷,'那女人说着,也朝我们走近。她注意到了我的反应,跟在大卫背后。'但我要确保只有灵魂离开。'她抚摸着他的手腕,仿佛在给自己找借口,说身体必须留住。然后她打了个呵欠,我注意到她从回到厨房来以后一直在不停地打呵欠。她说这是转移仪式的副作用,一会儿在大卫身上也会体现出来,等结束后,他就完全醒过来了。要把一切都抽离干净,她边说边大张着嘴打呵欠,'让它们离开。'"

"大卫呢?"我问。

"那女人挪开我旁边的椅子,指给大卫看,让他坐。"

"你呢?你都没碰那可怜的孩子一下吗?"

"之后那女人又倒了些茶,同时专注地悄悄观察我俩的见面。大卫努力地爬上椅子,但我没法帮他。他看着自己的双手。'他马上就该打呵欠了。'那女人说着,深深地打了个呵欠,用手掩住嘴巴。她也拿着茶在桌边坐下了,同时专注地观察他。我问她仪式进行得怎么样。'比预想得更好。'她说。转移仪式将一部分毒素带走了,现在毒素被分散在两个身体里,不再有威胁了。"

"这是什么意思?"

"就是说大卫活下来了。大卫的身体,和在新的身体里的大卫的灵魂。"

我看着卡拉,卡拉也看着我,露出一个很假的笑容,看上去像个小丑。有那么一个瞬间,我甚至开始疑惑,觉得这一切都是一个漫长的、恶毒的玩笑。但她说了:

"这就是我的新大卫。一个怪物。"

"卡拉,你别生气。但我得去看看妮娜在干什么。"

她点了点头,重新注视着自己放在方向盘上的双手。我动了动,准备下车,但她似乎不打算跟过来。我犹豫了一会儿,觉得可能没什么事儿,但眼下我真的开始担心妮娜了。如果我不知道她在哪里,我怎么计算我俩之间的营救距离呢?我下了车,向屋里走去。微风习习,吹过我的背,穿过我坐太久而汗湿了的双腿。透过玻璃,我很快看到了妮娜,她正忙着把一把椅子从客厅拖向厨房。一切都尽在掌握,我想。但我还是继续朝屋子的方向走去。我走上门廊前的三格楼梯,打开纱门,走进屋将门锁上。我习惯性地放上了门闩,我将头倚在门帘上,透过它看着我们的车。我看到一个彩色的发髻从驾驶座上探出来,观察着周围的一举一动。

她叫你"怪物",我不禁也开始这样想了。不管你现在是什么,我为你感到难过,而且你的母亲还叫你"怪物"。

"你搞错了,这对这故事不好。我就是个普通的男孩。"

"这不普通,大卫。这里一片漆黑,你在我的耳朵边讲话。我都不知道这一切是否真的都发生了。"

"发生了,阿曼达。我现在跪在你的床边,我们在急救室的一间房间里。我们的时间不多了,在这段有限的时间里,我们得找到那个具体的时间点。"

"那么妮娜呢?如果这一切都真实发生了,妮娜在哪里?上帝啊,妮娜在哪里?"

"这不重要。"

"这是唯一重要的事！"

"这不重要。"

"够了，大卫。我不想再继续了。"

"如果我们不再继续，我在这儿陪你就没意义了。我会离开，你将会一个人待着。"

"不，不要。"

"那么那一刻，在花园里，到底发生了什么？你正在门口，头倚着纱门的门帘。"

"对。"

"然后呢？"

卡拉的发髻在座位后摇晃，似乎她正在转头观察四周。

"还有吗？在这个具体的时刻，还发生了什么事？"

我将身体的重心从一只脚移到另一只脚。

"为什么？"

因为这样我更舒服。因为最近一阵子，我觉得站着需要花很大力气。我有一次跟我丈夫提到了这一点，他说可能是因为我精神萎靡的缘故。那次还是在妮娜出生前。如今的感觉也是一样的，但这已经不再重要。我只是有点儿累了，我对自己说。有时候，我会想到这些日常的问题在我看来常常比其他人看起来更严重，这种想法会令我自己吓一跳。

"然后发生了什么？"

妮娜跑过来，抱住我的腿。

"怎么啦，妈妈？"

"嘘……"

她放开我,也把脸贴近纱门。我们看到汽车的门打开了。卡拉探出一条腿,之后是另一条。妮娜向我伸出手。卡拉站直身子,抓紧她的钱包,调整了一下身上的比基尼。我担心她会回到这边来,这样就会发现我们了;但她并没有这样做,她甚至没有穿过花园,来重新穿上她的凉鞋。她的腋下夹着钱包,就这样直接从后门走出去了。她沿着右侧笔直地走着,仿佛穿着一身连衣长裙,需要非常专注地走路才行。直到你的母亲走到街上,消失在女贞树丛的尽头,妮娜才放开我。妮娜现在在哪里,大卫?我需要知道。

"告诉我更多关于营救距离的事。"

营救距离根据环境的不同,长度也会有所变化。比如说,当我们刚搬进这栋房子时,我需要妮娜时时刻刻在我身边。我需要先了解清楚屋子里有几个出口,探查屋中最容易磕碰的地方,确认楼梯上的裂缝不会带来安全隐患。我会把这些要注意的地点指给妮娜看,她并不害怕,但她会遵守我说的。从第二天开始,连接我们之间的那根看不见的线就稍稍放松一些了。那根线还在,但可容忍的活动范围更大,能给我们更大的自主空间。所以,营救距离是一件很重要的事吗?

"非常重要。"

我继续拉着妮娜的手,我们两人一起走向厨房。我让她坐在一张小长凳上,开始准备金枪鱼色拉。妮娜问我刚才那个女人是不是已经走了。当我跟她说"是"之后,她从椅子上站起来，跑出屋子，朝着开向花园的那扇门跑去，又叫又笑地绕了几个圈，然后重新奔进来。这一串动作从头到尾就花了不到一分钟。我叫住她，她坐到自己的餐盘前，稍稍吃了一点儿，就又出去绕着房子跑了一圈。

"她为什么要这么做？"

这是她来这儿起就有的一个习惯：每次吃午饭时都要出去兜两三圈。

"这很重要，这可能会和那些虫子有关。"

当妮娜经过落地窗后面时，她将脸贴在玻璃上，我们互相微笑。我喜欢她这种精力旺盛的样子，但这次她兜圈时我有些不安。我和卡拉的对话拉紧了我俩之间的线，营救距离变短了。如今的大卫和六年之前究竟有多大的不同？你做了多可怕的事，使你妈妈不再承认你是她的孩子？我不停地问自己这些问题。

"但这些事情并不重要。"

等妮娜吃完色拉后，我俩一起拿着空购物袋走向汽车，准备出发去购物。妮娜坐在后座，一边系安全带一边开始提问题。她想知道那位女士下车后去了哪里，想知道我们会去哪里买吃的；她问镇上有没有其他小孩，她能不能玩狗，还问她在屋子周围看到的这些树是否都是我们家的。她一边给鼹鼠玩偶系安全带，一边继续说，她最想知道的是，镇上的人们是否也说我们的语言。车上的烟灰缸已经被清理干净了，车窗也重新摇上去了。我摇下我身侧的窗，心想卡拉是什么时候把这些琐碎的事情处理好的。新鲜的空气伴随着阳光一起进入车内,光线感觉火辣辣的。我们安静、缓慢地行驶着,我自己开车的时候喜欢这样;换作是我丈夫,那就不可能了。假期里是我的驾驶时刻。我小心地开着,避开路上的碎石块,在度假别墅和当地小屋之间的土路上前进。在城市里我不能这样开车;城市交通会令我精神紧张。——你说过这些细节都很重要。

"没错。"

从这里到市中心要经过十二个街区,沿途路过的房子逐渐变得越来越小,越来越破败,互相争抢着地方,几乎没再见到带花园的房子,树木也越来越少。第一条铺沥青的道路是贯穿市中心的一条林荫大道,横跨大约十个街区。虽然路面上铺了沥青,但地上到处是泥泞,感觉和开在田间没有什么区别。这还是我们第一次走这条路线,我跟妮娜说,好处是我们可以有一整个下午的时间购物,再想想我们要去哪里吃晚饭。中心广场有个小型的美食市集,我们将车停住附近,准备稍微走一走。

"我们把鼹鼠留在车里吧。"我对妮娜说。

她说:"好的,女士。"有时候我们会模仿这种官腔玩,假装自己是贵妇人。

"您怎么看,女士,来点儿杏仁糖浆?"我边问,边扶她下车。

"我们觉得很好!"妮娜说。她总觉得贵妇人说话时都要用复数形式。

"我喜欢这种复数的说法。"

市集里有七个摊位，就用桌子和架子临时搭起来的，有的甚至就是在地上放块帆布。但食物很不错，都是天然食品或者手工制作的。我们买了水果、蔬菜和蜂蜜。赫塞尔先生给我们推荐了一家面包店，以做全麦面包著称，在镇上好像很流行。我们买了三个面包，准备回去吃个够。接待我们的两个老人送给妮娜一块甜点，里面装满了牛奶太妃糖浆，当妮娜吃完大喊"太精致了！我们喜欢！"的时候，他们几乎要笑出眼泪。我们问哪里可以买到泳池用的充气救生圈，他们给我们解释了如何走到家用品商店。我们要沿着林荫大道的另一侧走大约三四个街区，才到湖边。我俩都还有精力，因此我们决定将买来的东西放在车上，步行走到商店。在家用品商店，妮娜看中了一个虎鲸玩具。那是店里最后一个了，但她就是想要。我付钱的时候，妮娜跑开了。她在我身后的某处，在电动小船和园艺用品之间走来走去。我没有看她，但那根无形的线紧绷着，我可以轻易地预测她走到了哪里。

"您还需要点儿什么别的吗？"收银台的女士问我。

一声尖叫打断了我们。我的第一反应是那不是妮娜在叫。那叫声尖锐、短促，仿佛一只鸟在模仿小孩的叫声。妮娜沿着通向厨房的走廊奔了出来。她有点儿敏感，又好奇又害怕。她紧紧抱着我的腿，看着门廊的深处。收银员无奈地叹了口气，转身离开了柜台。妮娜拉着我的手，拖着我一起跟在那女人身后穿过走廊。在前方，我们看见那女人双手握拳，放在髋部两侧，看起来很生气。

"我跟你怎么说的?我们怎么说好的,艾比盖尔?"

叫声还在重复,断断续续的,但声音放轻了许多,最后变得几乎细不可闻。

"来,走吧。"

那女人向走廊的另一侧伸过手去。当她朝我们的方向转过身来时,我们看见她还握着一只小手。一个小孩慢慢出现了。我起初以为她是在玩,因为她走路时一瘸一拐的,像一只猴子。但之后我才看到,那孩子的一条腿特别短,几乎只到膝盖的位置,但尽管如此那腿上还完整地长着脚。当她抬起头朝我们看时,我们看见她的额头——非常巨大,几乎占掉了整个脑袋的一半。妮娜紧紧握住我的手,紧张地笑了笑。妮娜看到这些也没什么,我想。她需要知道我们并不都长得一样,要学会面对这种场面,不被吓坏。但我同时却暗想,如果我的女儿长成这样,我该怎么办。这太可怕了。你母亲的故事又浮现在我的脑海中。我想到了你,或者是另一个大卫,那个没有手指头的大卫。那样的事情更可怕,我想。我没有那么坚强。但那个女人耐心地抚摸着那个孩子,摸着她光秃秃的脑袋,仿佛在帮她清理灰尘,在她的耳边温柔地说话,可惜我们听不到她在说什么。你认识这个孩子吗,大卫?

"是的,我认识。"

她的身体中有你的部分吗?

"这是关于我母亲的故事。不管是你还是我,都没有时间研究这个。我们要找虫子,某种像虫子一样的东西。要找出它初次接触到你的时刻。"

"那是谁,妈妈?"妮娜问。

她这会儿不学贵妇说话了。当两人走近时,妮娜往后退了几步,想与她们拉开距离。我们两人站在厨房里,紧紧贴在一起。那小女孩和妮娜差不多高,但看不出年纪,可能比她大。有可能和你一样大。

"别浪费时间。"

你母亲应该认识这个孩子。这个孩子和她的母亲,还有她们的故事,我想。直到那女人回到柜台,我还在想这些事。从柜台的高度看不见那小孩,她消失在了家具的背后。那女人按下收银台的按钮,给我找零,同时露出悲伤的微笑。她双手都在干活:一只在操作收银台,另一只手拿着我的找零。于是我不禁想到,她要如何腾出手来牵住那个小孩呢。我想知道她如何拉住那孩子的。我拿回找零,出于一种罪恶感,向她道了很多次谢。

"还有什么吗?"

我们回到家里,妮娜想睡觉了。午觉睡得这么晚不是一个好习惯,之后到了晚上她就会睡不着了。不过我们现在是在度假,所以我想我自己也该休息会儿。我忙着把买来的东西一一放好,妮娜这时就在卧室的椅子上睡熟了。我了解她的睡眠习惯:如果没有什么突然的事把她惊醒的话,她起码可以睡上一两个小时。于是我开始思考绿房子的事,我想知道那房子离我们有多远。就是那个治疗你的女人住的绿房子。

"是的。"

她治好了你的中毒症状。

"这不重要。"

为什么？这是我们需要了解的情节啊。

"不，这不是故事的一部分，这和我们要找的那个具体时刻没有关系。不要分心。"

我需要评估危险系数。如果不评估，就很难计算具体的营救距离。我们一回到家，我就检查了屋内和周边，眼下我需要看看那座绿房子，了解一下它的危险程度。

"你从什么时候开始测量营救距离的？"

这是从我妈妈那儿继承的。"我希望你在我附近。"她对我说过，"保持可营救的距离。"

"你妈妈不重要。继续吧。"

这时，我走出了屋子。一切都会好的，我想。我可以肯定这段路不会超过十分钟。妮娜睡得很熟，如果醒了，她也知道自己静静地在家等我。我们在家时就是这样的，如果我要出去买明天的菜什么的话。我第一次朝着与湖相反的方向走去，朝绿房子的方向走去。"迟早会有些不好的事情发生，"我妈妈说过，"到那时候，我希望你就在我身边。"

"你妈妈并不重要。"

我喜欢看着那些房子，看着那片田野，想象我能在此间漫步数个小时。

"是的。我晚上会在那边散步。"

卡拉允许你这样做吗?

"谈到我自己是个错误。你那时的散步怎么样?"

我走得很快,我喜欢这样,当呼吸变得有节奏时,思考也会变得更简单,我只想着眼前的路,其他什么都不想。

"那很好。"

我回想着卡拉坐在车里时的一系列手势。"我们住在这一带的人有时候会去另一边。"她说。她的手臂向右侧伸展,手中的香烟正好位于我的嘴的高度。香烟的烟雾朝着那个方向飘去。这一带的房子占地面积都要大得多。有些地里甚至都种了菜,土地向深处延伸,一片大约有半公顷。有些地里种着小麦,有些种着向日葵。几乎家家户户都种了豆子。我又走过几块地,在一排长长的杨树丛后面,有一条指向右边的小路,这条路更窄,旁边是一条小溪,很窄,但很深。

"没错。"

溪床边有几座看起来更破落的房子,紧紧地挤作一堆,排成一条黑乎乎的线,坐落在河床和栏出下一块地的铁丝网之间。倒数第二幢房子是绿色的。房子已经有点掉色了,但那色泽依然鲜明,在周围的风景中显得尤其突出。我在那站了一会儿,一只狗从草地上跑过。

"这很重要。"

为什么?我想知道哪些事是重要的,哪些不重要。

"那只狗怎样了?"

那狗喘着气,摇晃着尾巴。它缺了一只后爪。

"是的,这很重要。这和我们要找的东西有密切关联。"

我穿过街道,那只狗看了我一会儿,又朝着那排房子的方向跑去了。我一个人都没看到,这种怪异感让我觉得很不祥,于是我便回去了。

"这时,有什么事情要发生了。"

是的。我回到家,看到卡拉等在门口。她后退了几步,正在向上看,可能是在看屋子的窗户。她穿了一件红色的棉裙,从肩膀那里还能隐约看出比基尼的肩带。她从来没进过我家,一直都是在外面等我:我们会在室外聊天、晒太阳,但每次我进屋去找柠檬水或去涂防晒霜的时候,她都宁可等在外面。

"是的。"

这时她看见了我。她好像想告诉我什么事,但不确定要不要等我走近了再说。她看起来犹豫不决。于是我立即产生了一种可怕的感觉:那根线绷紧了——那段营救距离。

"这直接指向那个具体的时刻。"

卡拉做了一个手势,她举起双手,仿佛不能理解发生了什么。我有一种十分可怕的不祥预感。

"怎么了?发生什么事了?"我对她大喊,几乎朝着她奔了过去。

"他在你家。大卫在你家。"

"他怎么会在我家?"

卡拉对我指了指我女儿房间的窗户,在二楼的位置。我看到一只手贴在窗玻璃上,之后妮娜出现了,微笑着,她可能站在一条凳子上或者是站在她的书桌上。她看见我，从玻璃窗后面对着我招手。她看起来平静而快乐，有一瞬间我感到谢天谢地，我的不祥预感并没有灵验，发生的一切只是个假警报。

"但事实并非如此。"

并非如此。妮娜说了些什么，但我听不见。她又重复了一遍，把两手放在嘴边做喇叭状，看起来很兴奋。这时我想起来当我离开家时为了降温，明明把上上下下的窗户都打开了，现在这些窗户全都关上了。

"你有钥匙吗？"卡拉问。"我两扇门都进不去。"

我几乎是朝着屋子奔去，卡拉追在我后面。

"我们要赶紧进去。"卡拉说。

这真是发疯了，我想。大卫只是一个小孩而已！但我却忍不住拔脚狂奔。我往口袋里寻找钥匙，但我太紧张了，尽管手指已经摸到了钥匙，却没法把它们取出来。

"快点儿，快点儿！"卡拉说。

我应该离这女人远点儿。我边想边终于掏出了钥匙。我打开门，卡拉跟着我一起进了屋，紧紧贴在我的身后。就是这种恐怖：走进一栋我几乎一无所知的房子，寻找我的女儿。我惊慌失措，几乎叫不出她的名字。我奔上楼梯，卡拉跟着我身后。你母亲从来不进屋子的，这回也终于进了屋，这个事实更让我感到恐怖。

"快点儿，快点儿！"她说。

我现在就要把这女人赶出我的房子。我三两步跑过第一段路，然后又跑过第二段。走廊两侧各有两个房间。第一个房间就是妮娜跟我打招呼的房间，里面没有人。有那么一小会儿，我甚至在想，他们有可能在跟我们玩捉迷藏的游戏。第二个房间里也没有人，我查遍了所有的角落和冷僻的位置，心里仿佛在暗暗准备着会遇到什么奇怪的东西。第三个房间是我的房间。和之前的房间一样，房门也关上了。我迅速打开门，三步并两步地冲进屋内。大卫就在里面。这就是大卫。我对自己说。那是我第一次看见你。

"是的。"

你站在屋子的正中央，看着门的方向，仿佛正在等着我们。可能正想问我们为何如此紧张。

"妮娜在哪里？"我问。

你不回答。

"我当时不知道妮娜在哪儿，我也不认识你。"

"妮娜在哪里？"我几乎咆哮着又重复了一遍我的问题。

你似乎对我的激动情绪既不害怕，也不惊讶。你看起来很累，很无聊。如果不是因为看到你皮肤上的白班，我几乎就要以为你是一个正常的、随处可见的小男孩了。这就是我当时的想法。

"妈咪。"我听到了妮娜的声音。

我向走廊的方向转过头去。妮娜抓着卡拉的手，怯怯地望着我。

"怎么了？"妮娜边问边皱起眉，看起来快要哭了。

"你没事吧？你没事吧，妮娜？"我问。

妮娜犹豫了一下，可能是被我怒气冲冲的样子吓到了。我对卡拉，对卡拉搞出的这荒谬的一切气得不可开交。

"这真是荒唐！"我对你妈妈说，"你完全是疯了！"

妮娜放开了她的手。

你只是一个人。我对自己说。最好尽快把这女人赶出这栋房子。

"大卫总会把事情搞成这样。"卡拉说着，眼中充满泪水。

"大卫什么也没做！"这时我开始吼起来，此时的我自己更像一个疯子，"是你用自己的胡思乱想，害我们都心惊肉跳……"

我看着你。你的眼睛发红，眼睛和嘴唇周围的皮肤比一般的孩子更细嫩，带有更深的玫瑰色。

"你走吧。"我对卡拉说，但眼睛却看着你。

"我们走吧，大卫。"你妈妈说。

她没有等你。她先走开了，自己走下楼梯。她下楼梯时身体挺得笔直，穿着红裙子和金色比基尼，看起来很端庄。我感到妮娜正将她小小的、柔软的手伸过来，小心拉住我的手。而你没有动弹。

"跟你妈妈走呀。"我对你说。

你没有拒绝，但也没有说话。你这个样子，就像被人关掉了开关似的。看到你迟迟不动，我有点儿心烦，但此刻更让我烦心的是卡拉。我想下去看看，确保她已经离开了。我走得很慢，得配合妮娜的步子——她不肯离开我身边。等我们到了厨房,我看到卡拉在出门前转过身,仿佛想说些什么,但我用眼神阻止了她。她最终静静地离开了。就是这个时刻吗?

"不,这还不是那个具体时刻。"

如果我不知道我该找什么,那找起来会很困难。

"那东西和身体有关。但几乎无法觉察。要非常仔细地找。"

所以细节才那么重要?

"没错。"

但这一切怎么会那么快地闯进我们的生活呢?我只放妮娜在家一个人睡了几分钟,怎么就会发生这么大的危险,怎么就会发生如此疯狂的事呢?

"这还不是那个具体时刻。我们不要在这上面浪费时间了吧。"

你为什么这么赶,大卫?只剩这么点儿时间了吗?

"只剩相当少的时间了。"

妮娜还在厨房,漫不经心地望着我。她正从惊吓中渐渐回过神来。我让她坐在一条长凳上,开始给她准备点心。我依然很紧张,但手上做点儿事情,就可以给自己找个借口,不用去向妮娜解释这一切。我还要想想该怎么跟她说。

"大卫也有点心吃吗?"妮娜问。

我把水壶放在火上,朝上面看去。我想起你的眼睛,想象着你会不会至今还在那房间中央呆立着不动。

"为什么?这很重要。"

不知道，现在想起来，令我害怕的其实并不是你。

"那是什么？"

你知道那是什么吗，大卫？

"我知道，那和那些虫子有关。我们越来越接近那个时间点了。"

我从凳子上专注地坐直身体。

"为什么？发生了什么？"

因为我看到屋外出现你的身影。你在花园里，但我不知道你是怎么下楼的。我明明一直都在盯着楼梯来着。你走近卡拉留下凉鞋的地方，你拿起那双凉鞋，走到游泳池边，把它丢了进去。你四下张望，看到卡拉的浴巾和头巾，你把它们也扔到了水里。旁边还放着我的拖鞋和眼镜，你也看见了，但你似乎对那些东西不感兴趣。这时出太阳了，照出了你身上的点点斑痕，之前我还没注意到。那些斑痕很淡，有一块遮住了右半边的额头和几乎整个嘴巴，另一些斑痕长在胳膊上，还有一条腿上也有。你长得很像卡拉，我在想，如果不是因为有这些斑痕，你本该是个非常漂亮的小男孩。

"还有什么吗？"

我冷静了下来。看到你离开，身影最终消失了，我总算松了一口气。我打开窗户，在客厅的扶手椅上坐了一会儿。这个位置视野绝佳，能看到大门、花园和游泳池，还能监视另一侧厨房里的动静。妮娜还坐在那里，吃最后几块饼干，她好像知道，现在这个时候不适合跑出去绕着房子兜圈。

"然后呢？"

我下定决心。我意识到我不想再待在这儿了。营救距离如今变得如此紧绷，我女儿离开我几米远都不行。这栋房子、我们的周围、整个小镇都让我感到惴惴不安，我没有必要冒这个险。我非常清楚，下一步就该打包走人。

"你在担心什么？"

我连在这房子里再待一晚上都不愿意。但现在离开的话，就得摸黑开几个小时的车。我对自己说我只是吓着了，我该去休息，也许明天我就能更冷静地思考了。但那是恐怖的一夜。

"为什么？"

因为我睡得很不好。我醒了好几次。我不时觉得是因为房间太大了。我最后一次醒来时，天还是黑的。外面在下雨，但当我睁开眼时，真正令我警觉的是别的事。我看到妮娜房间的灯摇曳着紫色的光亮。我出声叫她，但她没有回答。我爬下床，披上便服。我发现妮娜不在她的房间里，也不在厕所里。我抓着扶手下楼，感到自己依然昏昏欲睡。厨房的灯光是亮着的。妮娜正坐在桌边，光着的小脚悬着。我想到那些梦游的小孩可能就是这样的，也许你晚上就是这样的，你妈妈说过有时候她发现你的床是空的，家里也到处找不到你。但显然这些眼下并不重要，对吗？

"是不重要。"

我朝厨房走了几步，这才注意到我丈夫正坐在桌子的另一头。这不可能，我怎么会没听到他进门呢？而且他不是要到周末才会回家的吗？我扶住门框。发生什么事儿了，发生什么事儿了，我对自己说。但我依然无法完全清醒过来。我丈夫双手交叉坐在桌边，身体微微倾向妮娜，眉头紧锁地看着她。之后他看见了我。

"妮娜有事要跟你说。"

但妮娜看着她的爸爸，也学着她的样子将双手交叉摆在桌子上。她什么都没说。

"妮娜……"我丈夫喊她。

"我不是妮娜。"妮娜说。

她靠着椅背坐直身体，双腿交叉。我从没见她这样做过。

"告诉你妈妈你为什么不是妮娜。"我丈夫说。

"这是一个实验，阿曼达女士。"她说着，推给我一个罐头。

我丈夫拿起罐头，将它转了个面，给我看上面的标签。那是一罐豆子，这种牌子我从来没有买过，以后也绝不会买。这罐子比我常买的那种罐头大得多，里面的豆子更硬、质量更差、价格更便宜。我永远不会买这么一种产品给家里人吃的。妮娜也不可能是从我们家的食品柜里找出的这罐豆子。我们坐在桌边，在凌晨的这个点，这样一罐豆子给我敲响了警钟。这很重要，对吧？

"至关重要。"

我走近她。

"你从哪里找出这罐豆子的,妮娜?"我问问题的语气听起来比自己原本想的更生硬。

妮娜说:"我不知道您在跟谁说话,阿曼达女士。"

我看着我丈夫。

"我们在和谁说话?"他遵守这个游戏的规则,继续问。

妮娜张开嘴,但什么声音都没发出来。她就保持着这个姿势凝固了几秒钟,嘴长得老大,仿佛要准备大喊,或者相反,仿佛要吸进一大口空气,却哪儿都找不到。这个动作非常吓人,我从没见她这样过。我丈夫朝她更向前地倾过身去。我想我单纯是无法置信。当妮娜最终突然一下子闭嘴之后,我丈夫猛一下倒回自己的座位上,仿佛之前一直有根无形的线吊着他,现在这根线终于放下了。

"我是大卫。"妮娜说着,朝我微笑起来。

"这是个游戏吗?是你发明的?"

不,大卫。这是一个梦。一个噩梦!我顿时吓醒了,这下子是完全清醒过来了。那时是早上五点。不到几分钟后我就已经开始收拾我们来时带的三个行李箱了。到七点的时候,所有的东西都差不多打包好了。你很喜欢聊天呢,大卫。

"这是必要的。能帮助你回忆。"

我一次次地想着自己的恐惧有多么不正常,想着自己在大半夜就开始把东西往车子里装,而妮娜还在卧室睡觉——这一切都是多么的荒谬。

"你想要逃走。"

是的。但最后我并没有成功。对吗?

"没有。"

为什么呢,大卫?

"这正是我们现在要调查的。"

我上楼进了妮娜的房间在她的房间里还有几样东西,我一一放进她的包里,并叫她起床。我给她做了一杯茶,还给了她一盒小饼干。她爬起来在床上吃了早餐,还有点儿迷迷糊糊。她看着我折起她的衣服、收起她的文具、摞起她的书,但她太困了,因此并没有追问我们这是要去哪里,也没有问我为何决定要提前离开。我妈妈总是说有些坏事会发生。妈妈她坚信,迟早会发生一些糟糕的事。而如今,我几乎能清楚地看见不可逆转的、毁灭性的危险正在朝我俩逼近。如今几乎已经没有营救距离了——连接两人的线变得这么短,我几乎都没法在房间里走动,放妮娜一个人去玩或者自己去收拾最后几样东西。

"起来。"我对她说,"现在,走吧。"

妮娜爬下床。

"穿上鞋。穿上这件外套。"

我拉住她的手,我俩一起走下楼梯。头顶上,妮娜房间的灯还亮着,透出紫色的投影;在楼下,厨房的灯亮着。这一切就和昨天梦里的情景一模一样,我心说只要我牵着妮娜的手,她僵硬的身体就不会出现在厨房,她也不会用你的声音跟我说话，桌子上也不会有一罐豆子。

"很好。"

此时外面已经有点亮起来了。我没有带妮娜上车，而是让她陪我一起收拾东西。我不想让她离开我身边。我们还一起绕着房子走了一圈，关上了所有的门窗。

"浪费时间。"

是的，我知道。

"为什么？"

我在思考。在关门的时候我想到了卡拉，想到了你，我觉得自己也成了这场瘟病的一部分。

"没错。"

我想说，如果不是因为我被你妈妈的那些疑神疑鬼的念头给影响了，所有这一切本不会发生。此时我本该刚刚起床，穿上我的比基尼，准备享受早上八点的阳光才对。

"是的。"

所以说我也有错。我的行动恰恰证实了你母亲的胡思乱想。但事情不该是这个样子。

"不是吗？"

不是。所以我想告诉她这一点。

"你想去找卡拉说话。"

我想就昨天大吼大叫的行为向她道歉，我想告诉她一切都会好的，她需要冷静下来。

"这是个错误。"

如果不这么做，我心里就无法平静。我到了城里还是会满脑子想着这些疯狂事的。

"去跟卡拉说话是个错误。"

我关掉了房子的总闸,锁上大门。

"这是离开这个镇的时候了。就是此时此刻。"

我照赫塞尔先生之前跟我们说过的,把钥匙留在信箱里。

"但你要去找卡拉。"

是因此我才没能成功逃开吗?

"没错。"

我们一早就出发了。我沿着背对小镇的方向开了一段,停在你家门口。我从没进过你家,老实说我也不想这么做。这时我发现一个好兆头:整个房子都黑漆漆的没开灯。我这才想到今天是星期二。在农村,所有人都很早就起床了,所以你母亲现在也许已经在索托马约尔家的办公室上班了,离镇上只有一公里远。我感到松了口气,觉得这是个好事,证明了我的行动是正确的。妮娜坐在后座,默不作声地看着我们驶离你家。她看起来并不担心。她系着安全带,像平时一样学着印第安人的样子盘腿而坐,抱着她的鼹鼠玩偶。

索托马约尔家的农田最前方有一座大房子,农田广阔无边。田里没有人行道,但在街道和房子之间铺着草坪。屋子后面有两座棚屋,在离第一片耕田很远的地方,有七座粮仓。我把车停在房子后面的草地上,挨着其他停在那里的车旁边。我叫妮娜跟我一起下车。屋子的门开着,我们手拉手走了进去。就像卡拉说的，这房子更像一个办公室而非一个家。屋里有两个男人在喝马黛茶，还有一个胖胖的年轻女子在签一些文件，低声念着每张纸上的标题。其中一个男人边听边点头，仿佛在附和这女人的工作。看到我们走进来，所有人都停下了手上的事，那女人问我们找什么。

"我找卡拉。"

"啊，"她又重新打量了我们一次，仿佛第一次没看仔细，"稍等一会儿，她马上就回来。"

"喝点儿茶？"坐在桌边的一个男人举起手中的茶杯，我在想着两人中哪一个是索托马约尔先生。

我摇摇头，朝一张扶手椅走去，但这时我看见卡拉已经在那里了。还没人告诉她我们来了，她专注于手上的事情，没注意到我们。她穿着一件浆洗过的白衬衫，看到她比基尼的金色肩带没有露出来，我甚至有点儿吃惊。

"我们得加快进度了。"

为什么？时间用完之后会怎样？

"讲到重要的细节我会提醒你的。"

卡拉看见我们有点儿吃惊。她以为发生什么事情了，因此有点儿害怕。她怀疑地看着妮娜。我跟她说一切都好。我是来为昨天的行为道歉的，并告诉她我要走了。

"去哪里？"

"我们要回去了。"我说，"回首都。"

她皱起眉头，我感到有点儿抱歉，或者可能是罪恶感使然，我也不确定。

"我丈夫那里有点儿事，我们得赶回去。"

"现在就走？"

看来不告而别对你母亲来说会很糟糕，因此尽管心里不太舒服，我依然很高兴自己过来拜访了她。

"但这不是个好主意。"

事已至此。

"一点儿都不好。"

过了一会儿，你母亲就完全不见了那种遗憾的调调。她邀请我们去看看奥马尔的马厩。那如今已经弃用了，但仍矗立在索托马约尔家的土地上，而且从这里走过去也不远。

"那个重要的时刻即将到来了。发生了什么？在你们周围，发生了什么？"

没错，有些事情正在发生；在外面，在你母亲正试着说服我们的时刻。我听到有卡车停在了门口。那两个喝马黛茶的男人戴上了长长的塑料手套，走了出去。外面还有一个男人，可能是卡车司机。卡拉说她要去处理几个文件，马上带我们去马厩，让我们在外面等她。这时我们听到一声巨响。有什么东西掉在地上了，听声音是塑料的，挺沉，但并没有摔碎。我们留下卡拉，走了出去。在外面，男人们在搬运着一个个大桶。那些桶很大，一个人双臂环抱都抱不拢一个。车上有很多这种桶，把整个卡车都塞得满满的。

"就是这个。"

其中一个大桶孤零零地被扔在棚屋的门口。

"这很重要。"

这很重要?

"没错。"

为什么这很重要?

"然后还发生了什么?"

妮娜坐在草地上,挨着卡车坐着,看着那些男人干活,她好像对此很好奇。

"那些男人究竟在做什么?"

其中一个男人在卡车车厢里,往外递出大桶。另两个轮流接过一个个大桶,再把它们递进屋里。他们用的是另一扇门,一扇棚屋的后门,就在稍远一点儿的地方。车上有许多大桶,他们来来回回搬了好几次。阳光普照,微风习习,我在想这就是离别的时刻了,也许对妮娜来说,这样的离别方式才是最正确的。于是我也在她身边坐下了,我们一起看着那些人忙碌劳作。

"这时还发生了什么?"

我不记得什么别的了,我已经都说过了。

"不,还有别的。在附近,在旁边。还有别的。"

没有了。

"营救距离。"

我就坐在离我女儿只有十厘米远的地方,大卫。不存在什么营救距离。

"应该有的。当年种马逃走,我差点儿死掉的那个下午,卡拉就在我身边,离我只有一米远。"

关于那天的事,我有许多问题想问你。

"现在不是时候。你什么都没感觉到吗?你没觉得自己接触到了别的什么吗?"

别的什么?

"还发生了什么?"

卡拉迟迟没出来。我们彼此挨得很近,几乎紧贴着,这让我有点儿不舒服了。但搬运进展得很平缓、很顺利,男人们都和蔼可亲,一直对着妮娜微笑。把所有的大桶都搬下来之后,他们朝卡车司机打了个招呼,卡车就开走了。男人们重新回到屋子里,我们俩从草地上站了起来。我在看手表,八点三刻。在忙碌间一天已然开始。妮娜看着自己的衣服,又转身看自己的辫子和腿。

"怎么了?发生了什么?"

"怎么了?"我问她。

"我身上都湿透了。"她有点儿不高兴地说。

"来……"我拉着她的手,让她转了一圈。她衣服的颜色使我看不清她湿得有多厉害,但我摸了一下,她身上确实湿了。

"这是因为露水。"我说,"走走就会干了。"

"就是这个。这就是那个时刻。"

不可能,大卫,真的,除此之外再没发生什么了。

"事情就是这样发生的。"

上帝啊!

"妮娜在干什么?"

她这么可爱!

"她在做什么?"

她走开了几步。

"别让她走开。"

她看着草地。她用手摸了摸,似乎还是有点不高兴。

"营救距离怎么样了?"

一切正常。

"不对。"

她皱起眉头。

"你还好吗,妮娜?"我问。

她闻了闻自己的手。

"好难闻。"她说。

卡拉终于从房子里走了出来。

"卡拉不重要。"

但我们向她走去,我当时还想阻止她带我们去散步。

"别让妮娜一个人落单。事情正在发生。"

卡拉拿着她的小包朝我们走来,微笑着。

"别分心。"

我别无选择,大卫。我没法转身看妮娜。

"事情就这样发生了。"

到底是什么事情啊,大卫?上帝啊,到底发生了什么?

"那些虫子。"

不,天哪。

"糟糕的事情。"

是的,线绷紧了,但我却分心了。

"妮娜怎样了?"

我不知道,大卫,我不知道!我像个傻瓜一样在跟卡拉说话。我问她走这么一趟大概要多久。

"不,不。"

我什么也不能做,大卫。我就是这样失去她的吗?我能感觉到那根线紧扯着我的肚子。发生了什么?

"这就是最重要的。这就是我们想知道的一切。"

为什么?

"你现在感觉如何,此时此刻?"

我也湿透了。我也湿透了,是的,我现在能感觉到了。

"我不是指这个。"

我也湿透了,这难道不重要吗?

"这也重要,但现在需要调查的不是这个。阿曼达,这就是那个时刻了,你别分心。我们要找到那个具体的时间点,了解到一切都是如何开始的。"

我正专注在其他事情上。现在我注意到了。是的,我也湿透了。

"发展是缓慢的。"

凉风吹干了身上的水,我感到自己的裤脚也是湿的。卡拉在跟我说去那边最多需要二十几分钟,与此同时,我正不自觉地看着自己的裤子。

"妮娜在看着你。"

对。

"她知道不对劲了。"

但那只是露水。我以为那只是露水。

"那不是露水。"

那是什么呀,大卫?

"回到那个时刻,我们来回忆一下,你当时有何感觉?"

我只感到肚子被线猛扯着。还有一点儿微微的酸味,在舌头下方。

"酸味还是苦味?"

苦味,是苦味,没错。但它那么轻微,上帝啊,那么难以察觉。我们三个出发了,穿过农田上的草地。妮娜分心了,卡拉在跟她说那边也有一个水池,于是她对到那边去玩就有了兴趣。她的情绪好转了起来。

"大概花了多久?"

很快。她立刻就将不快抛之脑后。我也是。

"你有没有重新想过你是被什么东西打湿的?"

没有,大卫。

"你有没有闻过自己的手?"

没有。

"你没再做什么吗?"

没有,大卫,我什么都没做。我们一起走着,我在心里自问就这样一走了之真的对吗?我们边走边聊天,沐浴着阳光,从齐膝高的草丛间穿过,这个时刻一切都如此完美。卡拉在跟我说索托马约尔先生,你母亲就如何争取订单提了些建议,索托马约尔先生整个上午都在夸她。

"你没注意到当时正在发生什么事吗?"

我没注意到,大卫。妮娜看到了水池,朝那边奔了过去。马厩没有屋顶,只残存了几块烧焦的砖头。这里的景色很美,但也很荒凉。我问卡拉这里怎么会被烧掉的,她显得有点儿不高兴。

"我带了马黛茶。"她说。

我叫妮娜要注意安全。没想到自己那么想喝点马黛茶,我很少这么想要某种东西,还要开四个半小时的车才能回首都。我马上又要回到城市,又要面对大都市喧嚣、泥泞、拥堵的一切了。

"你真的觉得这个地方更好吗?"

我们坐在紧挨着水池的几个树桩上,头顶的一排树投下了一片阴影。两侧是漫无边际的豆田。眼前的一切都是绿色的,散发着植物的清香,妮娜问我我们能否在这里多待一会儿。就一会儿。

"我对此已经不感兴趣了。"

"发生了很多事。"我对卡拉说。

她边倒茶边皱起眉头,但没问我到底具体是怎么回事。

"我是说,从你告诉我大卫的事情之后。"

"说真的,讲这些丝毫没用。如果你知道眼下时间有多宝贵，就不会把它浪费在讲这些上。"

我喜欢这个时刻。一切都很好，我们三人之间气氛很好。从那个时刻往后，一切都变糟了。

"具体是从何时开始变糟的？"

"大卫怎么了？他到底起了什么变化？"我问卡拉。

"那些斑痕。"卡拉说着，上下耸动着一边的肩膀，这姿势有点滑稽，仿佛像一个小孩。"一开始，我最烦心的只是这些斑痕。"

妮娜绕着水池走着，每隔几步就停下来，朝那些藏在黑暗深处的碎砖看看，念叨着她的名字，用贵妇人的腔调说着"我们喜欢"，说话的回声比她原本的声音还要响。她说着"你好""妮娜"，"你好，我是妮娜，我们喜欢。"

"但还有其他事，"卡拉说着，递给我一杯马黛茶，"你会觉得是我夸张了，会觉得是我把那孩子逼疯的。昨天你对我大喊……"

她的金色肩带到哪儿去了？我在想。卡拉很漂亮。你的母亲，她真是漂亮，我想起她的肩带，那画面让我心肠软了一下。我深深后悔自己吼了她。

"那些斑痕是慢慢出现的。头几天，尽管绿房子里的女人说大卫能救活，但他还是浑身发烫，被高烧烧得说胡话，直到第五天，烧才开始退去。"

"他到底是中了什么东西的毒？"

卡拉又像之前一样耸肩。

"事情就这么发生了，阿曼达。我们是在农村，农田里什么都种。每三个人当中就会有两个遇到些事，就算救回来，也会变得奇奇怪怪。你在街上就能看到。等你会辨认了，你就会发现这样的人怎么这么多。"卡拉将马黛茶推给我，去取她的香烟，"烧退了之后，大卫还是过了很久才重新开始说话。又过了一阵子，他开始说一些短句子。但说真的，卡拉，他说的话非常奇怪。"

"怎么奇怪了？"

"就是那些很寻常的句子，但听着就很奇怪。比如说问他什么他都只会回答一句'这不重要'。但如果你的儿子以前从来没这样回过你的话，等到你第四次问他为什么不吃饭，或者有没有觉得冷，或者你叫他去睡觉，而他永远回答'这不重要'，几乎是咀嚼着这些词说出来的，仿佛还在牙牙学语——我向你发誓，阿曼达，你听到之后双腿都会发抖。"

这难道不重要吗，大卫？你对此没什么想说的吗？

"也许是他听到了绿房子里的女人这么说话。"我说，"也许是惊吓之后的后遗症，也许是因为他之前连续发了那么多天的烧。"

"我也想到过类似的理由。直到有一天，我躺在床上，看见他在后花园里，用铲子在挖什么东西。我不太明白他在干嘛，但他的动作令我警觉起来。"

"我完全可以理解。"

"是的，这是某种母亲的直觉。于是，我扔下手上的事走出门。我朝他走了几步，但当我明白他在干吗时，我停在原地，一步也走不了了。他在掩埋一只鸭子，阿曼达。"

"一只鸭子？"

"他只有四岁半，却在埋葬一只鸭子。"

"他为什么会埋一只鸭子？那鸭子是湖里来的吗？"

"是的。我叫他，但他不理我。我蹲在他身边，因为他正在往下看，而我想看看他的脸。我想搞明白到底发生了什么事情，我不仅指鸭子，我指的是他。他的脸红红的，眼睛红肿，仿佛快要哭了。他在用他的塑料铲子挖土。铲子柄已经断了，被他扔到一旁，眼下他就只用铲面在乱挖一气，那铲子不比他的手大多少。鸭子已经被放置在一旁。它的眼睛已经闭上了，就那样躺在地上。它的脖子看起来比一般的鸭子更长、更柔韧。我想搞明白到底发生了什么事情，但他从头到尾没有抬起过眼睛。"

"我想给你看点儿东西。"

现在是我来决定这段故事中讲到哪里需要重点关注，大卫。你母亲说的这些你觉得不重要吗？

"不。"

你母亲开始抽烟，妮娜绕着水池精力旺盛地跑来跑去。此刻，最重要的事要来了。

"实际上，"你母亲说，"不管你的儿子是打死了一只鸭子，还是闷死一只鸭子，还是随便用什么别的办法杀死它，这都不算什么可怕的事儿。在农村这种事情经常发生，我想在城里情况只有更坏。但几天之后我发现了这是怎么回事，我亲眼见到了。"

"妈咪，"妮娜叫道，"妈咪。"但我没有理她，我沉浸在卡拉的故事中。妮娜又走开了。

"那天我正在后花园里晒太阳。在离我十米远的地方，种着小麦。那不是我们的，奥马尔把那块地租给了邻居，我对此很满意，因为这样会显得花园更小巧，更有私密感。大卫坐在躺椅旁，在地上玩他的玩具。这时他突然站了起来，朝着农田的方向望去。我看到他背对着我，双臂垂着，双手握拳，仿佛突然发生了什么可怕的事。"

我感到手上有种奇怪的感觉，大卫。

"在手上？现在吗？"

是的，现在。

"大卫一动不动，就这样背对着我站了一两分钟。感觉过了很长时间，阿曼达。整个过程中，我一直想要叫他，但却不敢。这时，我看到麦子丛中有什么东西在动。然后，一只鸭子出现了。它迈着奇怪的步子向我们走来。向我们走了一两步，之后停住不动了。"

"就像是受惊了一样？"

我听到妮娜在绕着水池跑，喊着"我们喜欢""我们喜欢""我们喜欢"，她的笑声和回声一会儿近，一会儿远。卡拉看着手上香烟的烟雾冉冉升起，仿佛还在沉思。

"不，好像筋疲力尽的样子。他们互相看着。我向你发誓，大卫和那只鸭子互相对视了几秒钟。之后那鸭子又走了几步，前脚绊后脚，仿佛喝醉了一般，又像是无法控制自己的身体。当它试着再迈一步时，它倒在地上，彻底死了。"

我的双手在发抖,大卫。

"你在发抖?"

我想是的。我在发抖,我也不知道。也许是因为卡拉讲的故事。

"你觉得你在发抖,还是你真的在发抖?"

我现在正看着我的手。我没看见发抖的迹象。这和那些虫子有关吗?

"和它们有关,是的。"

我看着我的手,但你母亲还在继续说话。她说第二天上午,当她在厨房里洗碗的时候,她发现外面又有三只新的死鸭子,它们都倒在地上,和前一天的鸭子死法一样。

"我想知道你的手怎么了。"

但这是真的吗,大卫?你杀死了那些鸭子?你妈妈说你把它们都埋了,而且每次埋它们的时候都会哭。

"我透过窗户看着这一切,阿曼达。我看着他挖了一个接一个的坑,我手里一直举着锅,站在原地一动不动。我没法走出去。"

这是真的吗?

"我埋葬了它们,埋葬不等于杀害。"

卡拉说还有其他事,她还想告诉我一些更糟糕的事。

"阿曼达,我需要你集中注意力,有些事我想告诉你。"

她说还有一条狗,是赫塞尔先生养的。

"她告诉你的事情会一件比一件糟,但如果你不停止讲述,我们的时间就不够了,我就没空给你看东西了。"

我已经混乱了,我现在只能专注在卡拉的故事里。

"你能看见我吗?"

可以。

"我在哪里?"

我忘了。哦,对,你在这里,坐在我的床边。床很高,你的双腿悬在空中,你每次晃动双腿,床垫下的铁架子就会吱嘎作响。一直都在响个不停。

"我们在哪里?"

我知道我们在哪儿了。我们在急诊室,在这儿有一段时间了。

"你知道过了多久吗?"

一天。五天。

"两天。"

妮娜呢?妮娜现在在哪里?那些男人从我们眼前走过,对我们微笑,互相递着大桶。他们对她很友善。但这时她从草地上站起来了,给我看她的衣服,她的手,她的手都湿了。但那不是露水,对吗?

"不是。你能起来吗?"

下床?

"我下去了。"

铁床架在吱嘎响。

"你能看见我吗?"

你为什么觉得我会看不见你?

"把腿放下来。"

你为什么穿着睡衣？

"从这里往前走十二步，就能到走廊了。"

妮娜在哪里？我丈夫知道我在这儿吗？

"如果有必要，我可以开灯。"

你母亲说那条狗走到了家里的楼梯处，在那里坐了几乎整整一个下午。她说她问你那条狗是怎么回事，问了好几次，但你每次都回答她说狗不重要。她说你把自己锁在房间里，拒绝出门。她说直到那条狗像鸭子似的垂死挣扎结束，你才走出家门，你把狗拖到后花园，在那里把它埋了。

"如果有必要，你可以搭着我的肩。"

为什么卡拉那么怕你？

"你看到墙上的画了吗？"

那是孩子们的画。妮娜也会画这种画。

"那些孩子几岁？你能说出他们的年龄吗？"

大卫。

"是。"

我已经混乱了，我搞不清楚时间。

"这你之前跟我说过了。"

是的，但是我很清楚每个瞬间所发生的事。

"我想是的。"

你要给我看什么？我不确定我是否想看。

"小心楼梯。"

走慢一点儿,谢谢。

"这里有六阶楼梯,然后又是走廊。"

我们在哪里?

"这是急诊室的房间。"

看起来是个很大的地方。

"这里一切都很小,你会觉得大是因为我们走得很慢。你看到那些画了吗?"

有你画的吗?

"在走廊尽头有。"

这也是一个幼儿园吗?

"那就是我和鸭子、狗和马。这就是我的画。"

什么马?

"卡拉接下来会跟你说马的事。"

你想给我看什么?

"我们快到了。"

你母亲穿着金色的比基尼,当她在座位上移动时,一股防晒霜的香味也跟着在车里飘散开。我现在注意到了,她做那个动作是有意的。她是故意让肩带掉下来的。

"你还能看到我吗?阿曼达,我需要你专心。我不想再一次从头开始。"

从头开始?我们之前也经历过这一切了吗?妮娜在哪里?

"我们要穿过这扇门了。在这儿。"

这也是因为虫子的关系吗?

"是的，通过某种方式。我要开灯了。"

这是什么地方？

"一个教室。"

这是一个幼儿园。妮娜喜欢这个地方。

"这不是。我叫它'候诊室'。"

我觉得不舒服。这不是一个候诊室，大卫。

"你现在有什么感觉？"

我觉得我发烧了。是因为这个原因我才这么混乱的吗？我想是因为这个原因。还因为你的态度很不配合。

"我想尽可能地表达清楚，阿曼达。"

这不是真的。我没说出最重要的信息。

"妮娜。"

妮娜在哪里？在那个具体的时刻，到底发生了什么？为什么这一切都和虫子有关？

"不，不。不是虫子。在一开始感觉像是虫子，在身体里。但阿曼达，我们也讲过这段了。我们已经讲过了关于夏天，关于中毒的故事。到目前为止所发生的事情，你已经给我讲了四遍。"

这不是真的。

"这是真的。"

但我不知道，我还是不知道。

"你知道的。你只是没有理解。"

我快要死了。

"是的。"

为什么？我的双手抖得厉害。

"我没看见你发抖。你从昨天起就不再发抖了。"

在乡下，我当时正在发抖，我看到妮娜从水池边向我跑来。

"阿曼达，我需要你专心。"

卡拉问我现在我是否理解了，如果我是她，我是否也会有同样的感受。这时妮娜已经走到我们面前。

"阿曼达，别分心。"

她的眉心紧紧地拧着。

"你还能看见我吗？"

"妮娜，怎么了？你还好吗？"

妮娜看着她的手。

"我很痒。"她说，"感觉在发烫。"

"那天晚上，奥马尔摇着我的腿，把我叫醒。"卡拉说，"他坐在床上，脸色苍白，身体僵硬。我问他发生什么事情了，但他没有回答。那是早上五六点的时候，天已经很亮了。'奥马尔'，我问他，'奥马尔，发生什么事了？''是那些马。'他说。我向你发誓，阿曼达，他说这话的方式可怕极了。奥马尔每隔一阵子总会说些重话，但从来没有一次听起来像这几个字一样。他会说关于大卫的事情，说得很难听。他说大卫不是一个正常的小孩。说大卫在家让他感到很不舒服。他不想跟大卫同桌坐在一块儿。他根本不跟他说话。有几次，我们晚上醒来，会发现大卫不在自己的房间里，也不在家里的任何一个地方，这把奥马尔逼疯了。我相信这些事吓到他了。我们晚上睡不好，对声音异常敏感。头几次我们还会出去找他。奥马尔走在前面，打着手电，我跟在后面，紧紧抓着他的衣角，专注地听着周围的声音，时刻紧贴在他背后。有一次，在出门前，奥马尔抓了一把刀。而我什么也没说，阿曼达。我能说什么呢，乡下的夜晚非常黑。之后，奥马尔开始给大卫的房间上锁，睡觉前把他锁在里面，早上出门前再打开。有几次大卫会敲门。他从来不喊奥马尔。他会一边敲门，一边喊着我的名字，他已经不再叫我妈妈了。那天晚上，奥马尔就这样坐在床边，我好不容易清醒过来，意识到有什么奇怪的事情发生了。我朝门口倾过身，想看看他一脸惊恐地在看着什么东西。我发现大卫房间的门是开着的。'是那些马。'奥马尔说。'那些马怎么了？'我问他。"

"我好痒，妈咪。"妮娜坐在我身边，举起手给我看。她抱了我一下。

我抓过她的双手，在每只手上各亲了一下。她又举起手，手心朝上给我看。卡拉掏出一袋小蛋糕，抓了一把放在她手上。

"吃了就好了。"她说。

妮娜开心地合起双手，喊着自己的名字朝水池那里跑去。

"那些马呢？"我问。

"不在了。"卡拉说。

"怎么会没了？"

"我也是这样问奥马尔的,他说他半夜被棚屋发出的声响吵醒。他看向大卫的房间,发现门是开着的,他明明记得之前把门锁上了的。于是他爬起身,去看看到底发生了什么事。房子的大门也同样是开着的,远处天已经开始蒙蒙亮了。奥马尔说,于是他就这么出去了,没带刀也没带手电筒。他朝农田的方向望去,背对着房子的方向走了几步,过了一会儿,他才意识到这场景怪异在哪里。一切都太安静了。哪里都没有马的踪影。一匹马都没有。外面只剩一匹才出生四个月的小马驹。它躺在农田中央,奥马尔说,他还在离家不远的地方,就有预感那匹小马已经饱受惊吓。他慢慢地向小马驹靠近。那匹小马一动不动。奥马尔四处张望,一直看到小溪的那一端,一直看到街上,可是哪里都看不到其他马的踪影。他把手贴在小马驹的额头上,对它说着话,轻轻地碰了碰它,想探查一下它的情况。但小马驹一动不动。他就这样在那里呆立到天亮,直到警察带着两个助手过来;直到所有人又都离开了,他依然呆立在那儿。我从窗户后面看着这一切。我发誓,阿曼达,我连走出去的勇气都没有了。你还好吗?"

"还好。为什么这么问?"

"你的脸色很苍白。"

"奥马尔知道那些鸭子的故事吗?还有赫塞尔先生的狗?"

"他知道一点儿。我打算守口如瓶,但他看见了那些坟堆。鸭子的、狗的。我相信奥马尔是有所怀疑的,他只是不想深究。我去找绿房子的女人的时候,还有后来那些大卫发烧的日子,他什么也没问。当时他只是单纯地不关心。对他来说更大的损失来自那匹借来的种马。你真的好苍白,阿曼达。你的嘴唇都发白了。"

"我还好。可能是这故事让我有点儿不舒服。我有点儿紧张了。"我边说边想起昨天的争论。卡拉怀疑地望着我,但没再说什么。

有一阵子,我们一起陷入了沉默。我想再问问那些马的事,但卡拉此时正专心看着妮娜,我对自己说,也许最好还是等等。妮娜从水池前的树丛中跑回来了。她提起裙摆当做围兜,当她走到我们跟前时,还学着电影里公主的样子朝我们行屈膝礼。然后,她开始把菠萝放到地上排成一排。

"我很喜欢妮娜。"卡拉说。

我微笑着,但我感到她话里有话。

"如果能够选择,我希望自己能选择生一个女孩。一个像妮娜一样的女孩。"

在我们身边,微风吹拂着豆田,发出某种柔和的噗噗轻响,太阳在云朵间时隐时现。

"有时候我幻想着离开,"卡拉说,"幻想着重新开始一种新的生活,有一个我自己的像妮娜那样的女儿,我会照顾她,看她长大。"

我想跟卡拉说话,想跟她说些什么,但我的身体软绵绵的,整个人昏昏欲睡。我就这样撑了几秒钟,心想现在该说些什么，但在这一片令人愉悦的寂静氛围下，我却什么也说不出来。

"卡拉。"我说。

豆苗朝着我们这个方向摇摆着。我幻想着，几分钟后我就会远离这个租来的房子，远离卡拉的家，远离这个镇，未来年复一年的假期，我都会选择到海边去过，远离这一切回忆。她会跟我一起来的，我相信。如果我提出邀请，卡拉也会来的，只带自己的行李和衣服。我们会在我家附近再买一件金色的比基尼，我自问这是否就是我将会最最怀念的景象之一。

"你看得到我吗？你现在还看得到我吗？"

是的。但我正躺在地上。继续讲述这段故事令我感到很吃力。

"别站起来，你最好在地上多躺一会儿。"

我想我在田野间也这样躺倒过。

"卡拉扶你躺下去的。"

是的，因为我现在看到了树冠。

"因为她又一次问你是否觉得还好，但你没有回答她。她在你的头下方垫上她的手袋，问你早饭吃了什么，问你有没有低血压，问你是否听见了她在说话。"

你怎么会知道发生了什么？是你看见的？你躲在那附近吗？

"眼下这并不重要。"

或者是像你之前说的，我们已经谈过了关于夏天，关于中毒的那些事情,我现在又重复地在讲之前说过的事?

"阿曼达。"

妮娜呢?

"妮娜从水池那边看了过来,松球滚了一地。她也不再继续模仿那些演员了。"

这是真的。她不再模仿演员的动作了。

"卡拉等待着,但你什么也没说。"

但我醒着。

"是的,但你状态很不好。"

我的双手在发抖。我之前跟你说过。

"妮娜朝你们跑来。卡拉向前走去,向她走去。她想分散妮娜的注意力。她对妮娜说你睡着了,说最好让你休息一会儿。她让妮娜带她去看看水池。"

妮娜不相信。

"是的,她不相信。"

她能感觉到营救距离变了。所以妮娜不相信。

"但你什么都不能做。"

我无能为力。什么都做不了。

"如果卡拉去找人帮忙,她就得把你一个人留下,或者让妮娜跟你留在那边。我想卡拉当时在考虑这些,她不确定怎么做才好。"

我好累啊,大卫。

"现在这个时刻对我俩都很好。"

我睡过去了。卡拉注意到了这一点,就让我一个人躺在那儿，她自己去跟妮娜玩了一会儿。

"所以我说这是个好时刻。你看到那些了吗？"

什么？

"是名字。写在候诊室墙壁上的名字。"

是那些来过这个大厅的孩子的名字？

"其中有些人如今已经不再是孩子了。"

但笔迹都是一样的。

"这是某个护士的笔迹。他们基本都不会写字。"

他们不会吗？

"有些人会，他们在这里学会的。但如今他们都无法控制自己的手臂，或者脑子不中用了，或者皮肤太脆弱了，如果握笔太重，手指就会流血。"

我很累，大卫。

"你在做什么？现在停下可不好。还不能停下。你要去哪儿，阿曼达？这扇门不会从里往外开的。我们这儿的每一扇门都不能从里面推开。"

我想让你停止。我已经筋疲力尽了。

"如果你能集中注意力，事情就能进行得更快了。"

于是结束得也会更快。

"死亡并不是这么糟糕的一件事。"

妮娜呢？

"我们正讨论到这个，不是吗？坐下吧，阿曼达。请坐下来。"

我的身体很痛。身体内部。

"是因为发烧。"

不是因为发烧。我们俩都知道这不是因为发烧。帮帮我吧，大卫。眼下在马厩，发生了什么？

"卡拉和妮娜在水池边玩了一会儿。"

我时不时睁开眼睛看看她们。卡拉一直在拥抱她，代表营救距离的线不断扯着我的腹部，一次次把我拉醒。怎么回事，大卫？告诉我，在我的身体里发生什么了？

"我已经一次次告诉你了，阿曼达。但如果你老是不停地绕着圈子问，进展会很困难。"

感觉我像是在做梦。

"过了一会儿，在某一个时刻，你集中气力坐了起来。她们二人都吃惊地看着你。"

是的。

"她们朝你走来，卡拉摸了摸你的额头。"

她的香水气味香甜。

"妮娜看着你，但没有走近，也许她开始意识到了你身体不太舒服。卡拉说她去开车。她觉得情况好点儿了，因此笑了笑。她大声地自言自语道，也许发生这些事情是为了给她一个开你的车的机会，是为了给你一个终于可以去她家喝点东西的机会。她会给你做一杯带姜汁的冰镇柠檬水，然后你就什么毛病都没有了。"

但那根本无济于事。

"不，那根本治不好。但当时你感到好一点了儿，难受的感觉是一阵一阵的，从一开始至今一直是这样。卡拉对妮娜说要留下她在这儿待一会儿,她要去取车。她在跟妮娜解释说自己会从另一头开过来,从土路上开过来。"

妮娜靠近我,坐下来抱着我。

"卡拉去了很久。"

但妮娜就在我身边,因此这无关紧要。我们就这样坐了一会儿。妮娜躺在我身上,握起拳放在眼睛上,装作那是望远镜。

"我们喜欢树冠。"她说。

"但你在想着夜晚发生的事。"

在想我们到那房子的第一晚,是的。抱着妮娜令我回忆起了我最初的恐惧。我自问那些恐惧中是否有什么危险的征兆。那天我在黑夜中探索,手电筒打在我的前方,画出一个椭圆形的光圈。我只能照亮眼前的一点点距离,所以很难知道自己到底走到了哪里。树木的声响、路上车辆驰过的声响以及狗吠,一切都在提醒我这片田地有多么广阔,无边无际地向四周蔓延开来,所有东西之间都相距数公里之远。如果没有手电筒打出的椭圆形光晕,我会觉得自己像是在一个山洞里。我弯着身体,往前短短地走了几步。

"妮娜呢?"

一切都是为了妮娜。

"你第一次走这段夜路的时候,妮娜在哪里?"

她在家里睡觉,睡得很沉。但我无法入眠,在这第一个夜晚。在睡觉前我必须确认家附近到底有些什么。有没有狗？它们忠实可靠吗？有没有沟壑？有的话会有多深？有没有毒虫？有没有蛇？我需要对可能发生的一切都提前做好准备，但外面太昏暗了，我无法习惯。我觉得自己对夜晚有了完全不同的看法。

"为什么母亲们会这样做？"

做什么？

"这样未雨绸缪——营救距离。"

这是因为迟早会发生些可怕的事儿。我母亲从小就这样接受我外婆的教导。我自己也是从小这样接受我母亲的教育的。现在，轮到我去教育妮娜了。

"但你们漏掉了最重要的事。"

什么是最重要的事，大卫？

"妮娜坐下来，透过她的'望远镜'寻找着天际线。你的车从马厩的另一头开过来了。"

有那么一瞬间，我幻想着那是我丈夫。我幻想着他会走下车，轮流拥抱我们，我可以这样静静地睡上一路，直到回到城里，回到我的床上。

"但那是卡拉。她下了车，向你们走来。"

她光着脚，身上穿着金色的比基尼，她绕着游泳池走着，犹犹豫豫地轻踩地面，仿佛还不习惯这里，或是不确定地面是否结实。她把凉鞋忘在游泳池的台阶那儿了。

"不，阿曼达，那是之前发生的事。此时卡拉是在马厩附近。"

因为我躺在地上。

"正是如此。"

但我总会回忆起卡拉没穿鞋的样子。

"她下了车,打开门,快速向你们走来。她想等妮娜告诉她现在情况怎么样,但妮娜正背对着她坐在你的脚边,还在往天上看。卡拉帮你站起来,她说你脸色好点儿了。她收拾好东西,牵过妮娜的手。她回头看看你有没有跟上来,跟你开着玩笑。"

卡拉。

"是的,卡拉。"

是的,我感觉好点儿了。我们三个人又一次一起坐到了车里,就像刚开始的时候一样。你母亲坐在驾驶座上。马达熄火了几次,但她终于成功发动了车。我母亲常说乡下是学开车的好地方。我就是在田间学会开车的,那时我还很小。

"这不重要。"

是的,我猜也是。

"卡拉开你的车有些不自在。"

但她开得很好。尽管我们没有往我想去的方向开。

"我们去哪儿,卡拉?"

妮娜坐在后座。她的脸色苍白。现在我注意到了。而且她在出汗。我问她感觉是否还好。她和平常一样,两脚像印第安人一样盘坐,也和平时一样,不用我说就自觉系好了安全带。她努力向我们俩靠近。她用一种奇怪的方式慢慢地点着头,动作很慢,我们之间的营救距离变得这么短，每次当她的头垂下，我就感到自己的身体也跟着扯动。卡拉一次次绷紧身体，但还是无法放松。她忧心忡忡地看着我。

"卡拉。"

"我们去诊所，阿曼达。如果运气好的话，我们能找到人来给你做检查。"

"但诊所的人告诉你一切正常，半小时之后你们就又一次往家的方向驶去。"

可是，为什么要跳掉这一段？我们在一点点回顾这段经历。你的进度赶在我前面了。

"所有这一切都不重要。而且我们快没时间了。"

我需要重新回顾这一切。

"重要的事情已经发生了。接下来的都仅仅只是结果。"

那我们为什么还要讲述这段经历？

"因为你还没有意识到。因为你还没有理解。"

我想知道在诊所发生了什么。

"别垂下头，否则你呼吸会更困难。"

我想知道此刻发生了什么。

"我去给你找把椅子。"

不，我要回到这一刻，当时我们还坐在车里，正驶向诊所。天气很热，外面的声音正渐渐远去。我几乎听不见马达的声音，很疑惑车子怎么能在碎石路上行驶得如此平稳、安静。我感到一阵恶心，并朝前倾起身体，但那阵感觉很快过去了。我的衣服都紧紧地贴到了身上。阳光照在防护罩上,刺目的反光逼得我不得不半闭着眼睛。卡拉从方向盘前消失了。我发现她不见了,这令我吓了一跳,精神更不能集中了。她打开我这边的车门,将我拖出车。车门关上的时候也没有任何声音,仿佛什么都不是真的,尽管我明明看着所有事情就在我的眼前发生着。我想知道妮娜有没有跟过来,但我无法亲自确认,也无法高声问话。我看到自己的双脚在移动,却不知道那个正在走路的人是不是我自己。我们走过这段走廊,就是我背后的,教室外的那段。

"把你的头枕在这儿。"

妮娜说了些什么关于画的事儿,听到她的声音,我感到放心了一点儿。卡拉的背影就出现在我前面几步路的地方。我还能自己走,我觉得。我的手撑在墙上,撑在那些画上。这让我的皮肤更加热辣辣地发痛。卡拉就在附近,她喊着我的名字,有人在问我是不是镇上来的。她的发髻束在一个发圈里,白衬衫的衣领边缘染上了斑驳的绿色。是因为之前我们去过草地的关系吗?另一个女人的声音在叫我们过去,就是那里。我感到自己碰到了妮娜的手。我紧紧握着她的手,她带着我往前走。她的手很小,但我信任她,我觉得她直觉地知道自己该做什么。我走进一间小房间,坐在担架上。妮娜问我们在这儿干什么,我这才想起她一路都在问发生了什么事。我想要再抱抱她,但我连回答她的问话的力气都没有。我感到什么话都说不出来。之前那女人是个护士,她帮我量了血压和体温,检查了我的喉咙和瞳孔。她问我有没有感到头痛。我觉得有，痛得很厉害。但是卡拉在替我高声回答问题。

"我头痛得很厉害。"我说。三人一齐望着我。

那是一种沉重的刺痛感，从脖颈一直蔓延到太阳穴。我现在想起来了，当时我是这么告诉他们的。它令我感觉不到任何别的东西。

"你当时头痛了多长时间？"

从何时起？

"从在索托马约尔先生的办公室前的那一幕算起。"

从我们离开那间办公室后已经过了两个小时左右吧。你当时在哪儿，大卫？

"我就在这里，等待着你。"

你在这间诊所？

"你现在觉得怎么样？"

好点儿了，我觉得好点儿了。不过如果能到一个没那么亮的地方去，会更加轻松。

"但还有几个小时，我们得加快进度。当时发生了什么重要的事儿吗？"

当我说我觉得头痛时，妮娜说她也头痛。当我说我觉得晕眩时，妮娜说她也觉得头晕。护士留下我们走开了一会儿，你的母亲在说她带我们过来真是太明智了。如果你的母亲再大个五岁，她就能成为我们两个人的母亲了。妮娜和我可以有同一个母亲。一个美丽的母亲，但如今疲惫不堪，叹着气。

"大卫在哪儿，卡拉？"我问她。

但她既不吃惊，也没有朝我看。我很难分辨出我到底有没有真的把问题问出口，还是我只是在我的脑中提问，没有发出声音。

你的母亲拆掉了发圈，她把双手当梳子用，手指灵巧地张开、伸展。

"你为什么没和他在一起，卡拉？"

她心不在焉地用手梳理着头发。我坐在担架上，妮娜就坐在我的身边。我没注意她什么时候坐上来的，但感觉已经有一会儿了。我的双手放在大腿两侧，紧紧抓着担架的边缘，因为我时不时觉得自己会摔下去。妮娜也学着我的姿势，但她的一只手放在我的手上。她静静地看着地面。我在想她是否也感到一片混乱。护士回来了，嘴里哼着一首小曲儿。她断断续续地哼着，打开几个抽屉，同时跟卡拉说着话。卡拉边说话边重新束起了发髻。护士问我们是从哪儿来的，卡拉说我们不是镇上的，于是那护士不再哼小曲儿了，她停下来看着我们，仿佛因为这个消息，她得从零开始重新问诊。她的衣领上绘着三个金色的小人：两个女孩，一个男孩，三个人都挨得非常近，几乎一个叠着另一个，硕大的胸膛挤在一块儿。

"这女人的孩子中有一个每天都到这间候诊厅来。"

"不用担心。"她说。她重新打开那些抽屉，取出药盒，"只是有一点儿中暑。你们现在最需要的是休息：回家去，好好休养，不要受惊。"

旁边有个水槽，护士去那边取了两杯水，给了我们一人一杯，又给了我们一人一片药片。我在想他们让妮娜服的是什么药。

"卡拉，"我说，她吃惊地回头看着我，"我们得通知我丈夫。"

"对。"卡拉说，"我之前还在和妮娜说这事来着。"我不喜欢她那种迁就似的语气，我也不喜欢我好不容易叫她做这件事，她就立即站起来去干的架势。

"这些药片每隔六个小时服用一次，注意不要再晒到阳光，找个不透光的房间睡个午觉。"护士说着，把药盒给了卡拉。

我感到妮娜的手覆盖在我的手上，好像还想拦着我。她的手又苍白又脏。露水已经干了，泥土的痕迹左一道右一道遍布皮肤。那不是露水，没错，但你不用再纠正我。我太伤心了，大卫。你这么长时间不说话，我有点害怕。每次你该说些什么却不说话的时候，我总会觉得我会不会一直只是在自言自语。

"你们花了很久才回到家。卡拉一手拉着一个，搀扶着你们。你和妮娜总是走走停停，每次有人走不动了，其他人便一起停下来等她。之后你们重新上车，碎石路颠得卡拉一路紧紧抓着方向盘。你们一路没有说话。经过你一早离开的房子时，赫塞尔先生的狗从女贞树丛下冲出来，对着车子狂吠不止。那些狗看起来愤怒不已，但不管是你们还是卡拉似乎都没在意。太阳已经完全升起来了，热气从地面上冒了上来。但一路没什么重要的事情发生，从此往后也不会再有任何重要的事情发生。我开始觉得你不会理解的，继续讲述这段经历已经不再有任何意义。"

但事情还在发生。卡拉把车停在她家门口的三棵杨树下，还有许多细节你可能会想知道。

"已经没有必要了。"

不，有必要。卡拉按下安全带扣的按钮，安全带就像个鞭子似的弹回原来的地方。这个场景令我重新有了现实感。妮娜在后座上睡着了，她的脸色苍白，我喊了好几次她的名字，也没把她叫醒。此刻她的衣服已经全部干透了，我能看到在衣服上的白色部分晕出一块块的污痕，巨大的、形状不规则的斑斑点点，看起来像是一大群冰冻的海蜇。

"说真的，阿曼达，这没有意义。"

我有种感觉，觉得我必须继续。

"我来抱我们的小天使。"你妈妈说着，打开后座门，抬起妮娜的双臂，把她抱出汽车，"你们俩可以在这儿好好睡个午觉。"

我得离开这里，我想。我看着她用脚尖费力地关上车门，背着我的女儿向屋子的方向走去，满脑子都在想着我得离开。但营救距离又变短了，连接我和女儿的线拉扯着我也不得不往前走。我跟在卡拉身后，眼睛一直没离开妮娜，看着她悬在卡拉背后的瘦小手臂。卡拉家的周围没有草坪，到处都是泥土和灰尘。房子位于正前方，一侧有个小小的棚屋。往里看，能看见过去圈马的围栏，但我一头动物都没见到。我在找你。我担心会在这个房子里遇到你。我希望抱回妮娜，再一次回到车子里。我不想进去。但我太需要坐一会儿了，我必须远离日光，喝点冷饮。我跟着妮娜走进了屋子。

"这不重要。"

也许是的，大卫。但我还是想让你听完。我的双眼过了一会儿才适应了屋子里昏暗的光线。屋子里家具不多，但零零碎碎的东西很多。许多小物件，又丑又没用，比如天使装饰，比如堆成一堆的色彩斑斓的盒子。金色和银色的盘子钉在墙上，巨大的陶瓷花瓶中摆放着塑料花。我本来以为你母亲的家会是另一个样子的。这会儿，卡拉把妮娜放在一把躺椅上。那是把藤椅，上面摆着些靠垫。在我的眼前有一个椭圆形的镜子，从镜子中我看到了自己，脸色通红，浑身冒汗。我还看到我背后入口处的门帘上的塑料门穗，还看到了更远处的杨树和汽车。卡拉说她去准备柠檬汁。厨房在我的左手边，我看着她取出冰格。

"如果我知道你们会来，我会再好好整理一下的。"她边说边直起身子，从食品柜里取出两个杯子。

我朝厨房走了两步，几乎与卡拉站到了一块儿。每间房间都很小，很昏暗。

"早知道的话我也会多准备些好吃的。我跟你说过我会做黄油饼干。你记得吗？"

我记得。我们刚认识的那天，她就对我说过这件事。那天上午，妮娜和我先到了，而我丈夫要等到周六才会过来。我正在查看邮箱，因为赫塞尔先生说过他会在那边放一串备用钥匙，以防万一。就在此时，我第一次看见了你母亲。她从她家走出来，手里提着两个空的塑料桶，问我是否也觉得自来水里有股怪味。我犹豫了，我们刚到这儿时喝过几口水，但所有一切对我们来说都是全新的，我们根本不可能知道水的味道喝起来是不是和以前不一样。卡拉忧心忡忡地点着头，继续走过与我们家毗邻的田地。她回来时，我正在把我们的东西放进厨房。我从窗户后面看到她放下一个水桶，好腾出手去推开大门，把两个水桶都搬过门口之后，她又将大门关上了。她很高很瘦，而且尽管两手都提着已经装满水的水桶，她走路时依然背挺得直直的，步伐优雅。她的金色凉鞋踩过地面，留下一条惊人笔直的路线，看起来仿佛她曾经专门练过走路的方式。她走到走廊处才抬起头，我们互相对视。她想给我留一桶水。她说当天最好不要用自来水。她的态度非常坚决，最终我只得接受了她的好意，有那么一会儿，我在想是不是该为这桶水支付她一点儿报酬。由于担心这个念头会使她感到受了冒犯，于是我改请她和我们一起喝冰镇柠檬汁。我们三个一起在屋外喝着柠檬汁，将脚浸泡在游泳池里。

"我下次给你们做些非常美味的黄油饼干。"卡拉说，"搭配柠檬汁真是完美极了。"

"妮娜会喜欢的。"我说。

"是的，我们喜欢！"妮娜说。

在你家的厨房，我倒在一张靠窗的椅子上。你母亲递给我一杯冰茶和糖。

"多放点儿糖。"卡拉说,"有助提神的。"

但卡拉发现我动弹不得,于是她坐到另一张椅子上,替我放了糖。她搅拌了一下饮料,同时担心地看着我。

我在想能否靠自己的力量走到汽车那儿。就在此时,我看见了那些坟墓。我只是朝外看了看,就认出了那是什么。

"一共二十八个坟包。"

二十八个坟包,没错。卡拉发现了我在看什么。她把茶推给我,我没有看,但逼近身边的冷饮气味令我感到恶心。我做不到,我想。我感到很对不起你母亲,但我什么都喝不下,尽管我那么渴。卡拉静静地等待着。她搅拌着她的茶,我们有一阵子一齐陷入沉默。

"我很想念他。"她最终说。过了一会儿我才明白过来她在说谁。"我找遍了所有他这个年纪的孩子,阿曼达。所有的。"我一边听着她说,一边又一次数起那些坟包来,"我把孩子拉到父母看不见的地方跟他们说话,高高举起他们,仔细观察他们的眼睛。"

"我们要加快进度了。我们现在是在浪费时间。"

眼下,你的母亲同样朝后院望去。

"这么多的坟,阿曼达。我晾衣服的时候总要时刻注意地面,我跟你说,如果我不小心踩到一个坟包的话……"

"我要去躺椅那边。"我说。

你母亲立即站起来,搀扶着我。我用尽最后的力气,倒在躺椅上。

"我数到三,你就努力起身。"

卡拉扶我躺下。

"一。"

她给我一个靠垫。

"二。"

我用力伸过双臂,在彻底睡过去之前,我抱住妮娜,紧紧地抱着她,贴紧自己的身体。

"三。抓住椅子,就这样。坐下吧。你看得见我吗,阿曼达?"

对,我看得见。我非常累,大卫。我做了一些可怕的噩梦。

"你看到了什么?"

不是在这儿。在这儿,我看到了你,你的眼睛通红,大卫。几乎红肿得看不见睫毛。

"在噩梦里。"

我看见了你的父亲。

"因为你是在我家。入夜了,我的父母看着你睡在躺椅上,他们在讨论。"

你母亲在检查我的钱包。

"她并没做什么坏事。"

是的,我知道。我觉得她是在找什么东西。我在想他们是否终于要打电话给我丈夫了。这是最该做的事。我跟他们说明白了吗?

"你从一开始就说过了,现在,她在想办法寻找电话号码。"

你的父亲坐在躺椅前,看着我们。他看着我留在桌上原封没动的茶,看着我的鞋子,你母亲帮我把鞋脱下来放在躺椅的一侧。他还看了看妮娜的手。你和你父亲长得像极了。

"是的。"

他的眼睛很大。尽管他没料到我们会出现在家里,但他也并没有显得吃惊。过了一会儿,我睡过去了,屋子里的灯全关了,一切都陷入黑暗中。入夜了,你父母似乎不在家。我觉得我看见你了。我看见你了吗?你就站在塑料门帘旁边,但眼下没有光,我看不见杨树和农田。这时,你母亲朝我走过来,打开了后面的窗。有一阵子,我觉得风中有股薰衣草的香味。我听到了你父亲的声音。家里还有别的人。是那个急诊室的女人。她出现在你家。你母亲拿着一杯水向我走近。她问我感觉怎么样。我努力坐起身,又吃了一片药盒里的药。他们给妮娜也喂了药,她看起来也好些了。护士问我话,但我无力回答。

"症状是一阵一阵的。这是中毒。"

是的。那他们为什么给我治疗中暑的药物?

"因为那护士是个愚蠢的女人。"

之后我又睡着了。

"睡了几个小时。"

没错。但那个护士的儿子,那些会来这间大厅的孩子们，他们也中毒了吗？为什么她作为一个母亲会对此毫无察觉？

"不是每个人都有中毒症状的。有些人出生前就已经中毒了，他们的母亲呼吸的空气、吃的东西、碰到的东西里面都有毒。"

我在凌晨醒来。

"妮娜叫醒了你。"

"我们走吗，妈咪？"她边说边摇晃着我。

我感到万分欣慰：她的话仿佛是一条命令，能最终拯救我俩的性命。我竖起一根手指贴在唇上，告诉她我们得悄悄离开。

"你们觉得好点儿了。但症状是一阵一阵出现的。"

我还觉得很晕，我试了好几次，才成功地站了起来。我的双眼刺痛，时不时得揉一下。我不知道妮娜感觉怎样。她在用不熟练的手法自己系鞋带。她的脸色苍白，但她没有哭，也没有说话。这时我已经站起来了。我用手扶着墙，扶着椭圆镜、扶着厨房的立柱，缓缓移动。车钥匙就放在钱包旁。我很慢很慢地拿起所有的东西，小心翼翼地不发出任何声响。我能感到妮娜的小手正拉着我的腿。门是开着的，我们蹑手蹑脚地穿过门帘，仿佛逃离一个又冷又深的山洞，朝着光亮处走去。快到门口时，妮娜松开了我。车没有锁，我们两人从驾驶座爬上车。我关上门，启动引擎，驶出几米，开上了碎石道。在转弯前，我透过后视镜，最后看了一眼你母亲的房子。有那么一会儿，我幻想着她会穿着睡衣跑出来,从门口远远地对我做手势。但房子里一片死寂。妮娜独自爬到后座,系上了安全带。

"我想喝水,妈咪。"她边说边在座位上盘起腿。

我想我也是,当然了,我们现在最需要的就是水。我俩已经很久没喝过任何东西了,而大量喝水可以帮助我们排出毒素。我们可以去镇上买几瓶水,我想。我也一样觉得口渴。治疗中暑的药片留在厨房的桌子上了,我在想再次上路前是不是本该再吃一片。妮娜拧紧眉心看着我。

"你还好吗,妮娜?我的宝贝?"

她的眼中蓄满泪水,但我没有再问。我们很坚强,妮娜和我。我一边这么跟自己说,一边驶离碎石路,车终于开到了通往小镇的沥青大道上。我不知道当时是几点了,但街上一个人也没有。如果所有人都在睡觉,我到哪里去买水呢?我一直揉着眼睛。

"因为你看不清楚。"

感觉我需要洗把脸。这么早,外面就这么亮。

"不是光线刺眼,是你的眼睛。"

我的眼睛感到很不舒服。沥青路面的反光,林荫下的水流,都刺着我的眼睛。我放下遮阳板,在汽车的置物箱里寻找我的眼镜。我每做一个动作都要费尽全身的力气。光线刺得我不得不半闭着眼睛,这种情况下我很难好好开车。还有我的身体,大卫。我浑身刺痛。是因为那些虫子吗?

"感觉像是虫子。遍布全身的小虫子。几分钟后,妮娜就会一个人留在车里了。"

不，大卫。这不可能。我怎么能把妮娜一个人留在车里呢？不，天哪，就是那个时候，是吗？就是那个时刻。那是我最后一次看见妮娜。在离我们不远的街角处有什么东西。我开得很慢，眼睛越来越睁不开。这很难，大卫。我痛得非常厉害。

"是我们吗？"

谁？

"正在过马路的那批人。"

是一群人。我停下车看着他们。他们与我的车擦肩而过。为什么在这个点会出现这么多人？这群人里有很多小孩。几乎个个都是孩子。这些孩子为何会在这个点，一起穿过街道？

"我们正被带去这间候诊大厅。家长们在一天开始前会先把我们送到这里。如果有什么问题的话，我们会提早回家，不过大部分情况下我们都要在这儿待到晚上才回去。"

每个转角处都有一个女人在看着，监督大部队穿过街道。

"要在家里照顾我们会很困难。有些家长根本不知道该怎么做。"

那些女人都穿着和急诊室的女人一模一样的制服。

"她们是护士。"

那些孩子看起来什么年纪的都有。很难看清楚。我扑在方向盘前，向前倾过身。在这镇上还有健康的孩子吗？

"有一些。是的。"

他们会去学校吗？

"会去。但在这里出生的孩子本来就少。"

"妈咪？"妮娜在问。

"这里没有医生。绿房子里的女人只能尽其所能。"

我的双眼开始流泪。我用双手紧紧按住眼睛。

"妈咪，是那个大头孩子。"

我短暂地睁开眼，看向前方。家用品商店的女孩静静地站在车前，看着我们。

"但我把她推开了。"

是的，没错，是你把她推开的。

"总得把她推开。"

有很多孩子。

"三十三个。但数字会经常变化。"

都是些奇怪的孩子。长得奇形怪状的畸形孩子。有的没有眼睫毛，有的没有眉毛。肉红色皮肤上斑斑驳驳，呈鱼鳞状。只有几个孩子看起来和你有点像。

"怎么个像我法，阿曼达？"

我不知道，大卫。看起来更……正常？这时，最后一个孩子也走过去了。最后一个女人也走了，她在跟上那些孩子之前，停下来看了我们一会儿。我打开车门。所有一切都变得发白。我不停地挠自己，感觉好像有什么东西钻进了体内。

"感觉像虫子。"

是的。如果有水，我可以洗个澡。我走出去，倚在车子旁。我在想那些女人。

"那些护士。"

"妈咪……"妮娜在哭。

也许他们可以给我一点儿水。但我很难集中精力思考，大卫。我感到很渴，又焦虑又愤怒。妮娜不停地喊着我，但我没法看见她。眼下我真的什么都看不见了。四处的一切看起来都是白茫茫一片。这时，轮到我去喊妮娜了。我摸索着车门，想重新钻回车里。

"妮娜，妮娜。"我说。

所有的一切都变成了白色。妮娜的小手碰到了我的脸。我突兀地将它们拉开。

"妮娜，"我说。"去按别人家的门铃。按门铃，叫里面的人帮忙给爸爸打电话。"

妮娜。我叫了一次又一次，许许多多次。可是妮娜现在在哪儿，大卫？我怎么能在妮娜不在身边的情况下讲到现在？大卫，她在哪儿？

"卡拉听说你又一次被送去急诊室，就过来看你。从你昏厥过去，到卡拉赶来，已经过了七个小时；从最早中毒到那时，已经过了整整一天。卡拉觉得所有这一切都和候诊室的那些孩子们有关，和那些马、狗和鸭子的死亡有关，和那个已经不是她的儿子，却还住在她家的孩子有关。卡拉深信这一切都是她的错，那天下午把我从一个身体转移到另一个身体时，有些其他东西也被改变了。某些细小的、看不见的东西，但它却能毁灭一切。"

这是真的吗？

"那不是她的错。是某种更糟糕的东西。"

妮娜呢？

"于是卡拉立刻赶来。当她看到你步履蹒跚的样子，看到你已在发烧出汗，在自言自语地说胡话时，她坚信，眼下最重要的是去找绿房子里的女人。"

这是真的。她坐在床脚旁，说眼下我们最好是去找绿房子里的女人。她想知道你是否同意。她指的是什么，大卫？

"你能看见她吗？那时你又能看见东西了吗？"

我能看见一点儿。所有东西都白茫茫的，但我的双眼不再那么刺痛了。他们是给我注射了什么止痒的东西吗？我看到一些模糊的轮廓，我通过你母亲的说话声音认出了她。我叫她打电话给我丈夫，卡拉直接朝我跑来。她双手紧紧抓着我，问我感觉如何。

"给我丈夫打电话，卡拉。"

我跟她说了。是的，我跟她说了。

"她打了。你说了好几遍号码，确保她记下来；她找到了你丈夫，把电话递给你。"

"是的，是他的声音。我终于听到了他的声音。我哭得那样厉害，他都不能听懂到底发生了什么。我知道自己的状态非常糟糕。我告诉他我感觉很糟。大卫，这不是中暑。我哭个不停，哭到他在电话那头大喊大叫，叫我停下来，给他好好解释清楚到底发生了什么。他问妮娜怎么了。妮娜在哪儿，大卫？"

"于是卡拉动作柔和地接过电话，想跟你丈夫说话。她觉得有点尴尬，她不知道该说什么好。"

她说我的情况很不好，她说诊所这儿今天没有大夫，但他们会派一个大夫过来的；她问我丈夫会不会过来。她说是的，妮娜很好。你看，大卫，你看，妮娜还好好的。卡拉这时离我很近了。你在哪儿？你母亲知道你和我们在一起吗？

"她知道了也不会惊讶的。她一直自认我是所有这一切的幕后黑手。她觉得之前诅咒了整个小镇几十年的东西如今就在我的体内。"

她就坐在床上，离我很近。我又一次闻到了防晒霜的香味。她在为我整理头发，她的手指凉凉的，但很舒服。我听到她的手镯碰撞出声响。我烧得很厉害吗，大卫？

"阿曼达。"你母亲说。

我相信她在哭。她喊我名字的时候，声音欲言又止。她坚持叫我去找绿房子里的女人。她说时间已经所剩无几。

"她说得没错。"

"我们得尽快行动。"她说着，抓着我的双手。她冰凉的手覆在我的手上，那双手湿漉漉的，抚摸着我的手腕。"告诉我你同意。我需要你的许可。"

我以为她想带我去绿房子那儿。

"我要留在我自己的身体里，卡拉。"

我想告诉她，我不相信这一套。但我感觉她根本没听进去。

"阿曼达，我不是在为你考虑，而是为了妮娜。"你母亲说。"我听说他们把你带到这儿来了，我就去打听妮娜的情况，但没人知道她在哪儿。我们开着赫塞尔先生的车出去找她。"

那根线又绷得更紧了。

"我坐在人行道边，距离你停车的地方有好几个街区。"

"阿曼达，如果我找到我真正的大卫——"你母亲说，"我毫不犹豫地就能指认出来。"她用力握着我的双手，仿佛我随时会倒下。"你要理解，妮娜撑不了几个小时了。"

"妮娜在哪儿？"我问。我感到浑身刺痛，从嗓子到四肢都火烧火燎的。

你母亲不是在征求我的同意。你母亲是在征求我的原谅，求我原谅此刻正在绿房子里发生的事。我松开她的手。突然间，营救距离猛地一拧，令我一瞬间几乎无法呼吸。我想出去，想下床。上帝啊！我想。上帝啊！我必须把妮娜从那房子里救出来。

"但你有一阵子无法动弹。症状是一阵一阵发作的。你的热度也忽上忽下。"

我必须再跟我丈夫说话。我必须告诉他妮娜去了哪儿。疼痛的感觉又回来了，仿佛在我头上猛敲了一记，令我大脑一片空白。这阵头痛断断续续的，持续了好几秒。

"阿曼达……"卡拉说。

"不，不。"我一直大喊着不要，喊了一次又一次。

"很多次。"

"我在叫吗？"

"叫着妮娜的名字。"

卡拉想抱住我，我费了好大力气才挣脱。我的体温升高到了难以承受的地步，指甲盖下的手指都肿了起来。

"但你还是不停地叫喊着，其中一个护士已经来到了病房里。"

她在跟卡拉说话。她说什么，大卫？她说什么？

"她说医生已经在路上了。"

但我已经没救了。

"疼痛是一阵阵的，热度也是一阵阵的。卡拉又一次握住你的双手。"

有一瞬间，我看到了妮娜的双手。她不在这里，但我却能清清楚楚地看见。她的小手很脏，上面沾满了泥土。

"也许是我的脏手。那天我从厨房探头张望，手扶在墙上。我站在门外，在找卡拉。"

不对，那是妮娜的手。我可以看见。

"我们必须这样做。"卡拉在说。

事情此刻已经发生了。妮娜的手指缝隙间为何会沾满泥土？妮娜的手闻起来有什么味道？

"不，卡拉。不，拜托了。"

天花板渐渐远去，我的身体陷入昏暗的床中。

"我需要知道她会去哪里。"我说。

卡拉朝我倾过身子。这时一切声音都消失了。

"这不可能,阿曼达。我之前跟你说过的,这不可能。"

天花板上电风扇的叶片缓缓地转动着,几乎没有一丝风。

"你去求那个女人。"我说。

"可是阿曼达……"

"你该去求她。"

有人从走廊那头走近了。那脚步声很轻,几乎难以察觉,但能清楚地分辨出来。听起来就像你在绿房子里走路时的脚步声:两个湿湿的小脚,踩在脱漆的木地板上。

"让她留在近的地方,越近越好。"

你能去说吗,大卫?你能让妮娜留在附近吗?

"留在谁附近?"

留在附近,家附近。

"可能吧。"

想个办法,拜托了。

"可能可以,但这并没有什么用。"

拜托了大卫。这是我能说的最后一件事了。我知道这是最后了,我开口前的一秒钟就知道了。所有的一切都终于安静下来了。漫长的、无声的寂静。没有叶片,没有天花板上的电风扇。没有护士,没有卡拉。没有床单,没有窗,没有房间。所有的一切都不存在。只剩下我的身体。大卫?

"什么?"

我感到很累。什么才是最重要的,大卫?我需要你告诉我。因为痛苦就快终结了,对吗?我需要你告诉我,之后我就可以继续这片寂静。

"我会陪你最后一程。我也是这样陪着那些鸭子、赫塞尔先生的狗、还有那些马,走完这最后一程。"

家用品商店的那个女孩。她这样也是因为毒素吗?毒素无处不在,对吗,大卫?

"毒素一直在。"

那么这是因为别的原因吗?因为我做错了什么吗?我是一个坏母亲吗?这事是我造成的吗?营救距离。

"疼痛一阵接着一阵。"

当我和妮娜坐在草地上,坐在那些大桶之间的时候。营救距离明明在:但它没起到作用。我没注意到危险。而现在,有更多的什么在我的体内,某种新的东西,正蠢蠢欲动,或正要平息它的动静。尖锐的,明亮的。

"是疼痛。"

我怎么会没感觉到呢?

"它在你的体内深处。"

是的,它在我的内脏中挖了个孔,把它撕开。但我却感觉不到。我只感到某种白茫茫的、冰冷的震动回来了,直达我的眼睛。

"我握着你的手。我在这里。"

而现在那线,营救距离的线。

"是的。"

感觉它在把我的内脏往外扯。它紧绷着。

"不要害怕。"

它挂在我身上,大卫。

"它就要断了。"

不,这不可能。这根线不可能会断,因为我是妮娜的妈妈,妮娜是我的女儿啊!

"你有想到过我父亲吗?"

你父亲?有什么东西更用力地拉着这根线,次数越来越频繁。那根线几乎要把我的胃都扯出来了。

"在线断开前,深呼吸。"

那根线不能断开。妮娜是我的女儿。是的,上帝啊,它断开了。

"眼下只剩一点点时间了。"

我正在死去吗?

"是的。只剩几秒钟了,但也许你还来得及理解什么才是最重要的事。我会推你向前,让你能听到我父亲说的话。"

为什么要听你父亲说话?

"你觉得他是个简单的粗人。但那是因为他失去了自己所有的马。"

什么东西断开了。

"是那根线。"

压力感消失了。但我能感到那根线,它还存在。

"是的,但是时间所剩无几。只有几秒钟的时间可以把事情搞清楚了。我父亲说话时,你别分心。"

你的声音很轻,我几乎听不清楚。

"集中注意力,阿曼达。只要几秒。你现在能看见什么吗?"

是我丈夫。

"是我帮你把进度提前了。看到没有?"

看到了。

"你只需要最后努力一次了。这是最后发生的一段。"

是的,我看到了。是我丈夫,他开着我们的车。他正驶入小镇。这事情真实发生了吗?

"别打断进度。"

我看一切都清晰透明,闪闪发亮。

"别回头。"

是我丈夫。

"到最后,我不会在这里。"

可是大卫……

"别再浪费时间跟我说话了。"

他穿过林荫道,慢慢地向前开。我看一切都看得这么清楚。他遇到了红灯,只好停下来。这是镇上唯一的交通灯。两个老人慢慢走过,看着他。但他心不在焉地看着前方,眼睛一直没离开路面。他驶过了广场、超市和加油站。他驶过了诊所。他驶上碎石路,朝右边开去。他开得很慢,一直走直线,没有避开路上的坑坑洼洼和小土包。离镇上更远的地方,赫塞尔先生的狗冲出来,对着空气狂吠,但他并没有改变车速。他驶过了我和妮娜之前租的房子。他没有往那儿看。那座房子渐渐被他甩在身后，眼前出现了卡拉家的房子。他转上土路，爬上山坡。他把车停在树旁并熄火。他打开了车门。他感觉到了这里有多么广阔，声音能传得多远：他关门时的那声碰撞声远远传到农田那儿，又成为回声传了回来。他打量着又脏又旧的房子，看着屋顶上用金属片修补的地方。在他的身后，天空黑沉沉的，尽管还是中午，屋里有几处却已经亮起了灯。他很紧张，他知道可能有人在看他。在跨上门口的三阶木楼梯前，他看到门是开着的，塑料门帘掀起来挂在墙上。天花板上挂着一个小钟，但不是用麻绳挂起来的。他拍了两次手，屋里有个粗重的声音说"请进"。厨房里有个和他年纪相仿的男人，正在食品柜里找东西，并没有对他多加留意。那是奥马尔，你的父亲。但他们看起来互相并不认识。

"我可以跟您聊聊吗？"我丈夫问。

你父亲没有回答，于是他决定不要再问了。他做了个要进屋的动作，但又犹豫了一下：厨房很小，而眼前的男人又没有动弹。我丈夫往里走了几步，屋里潮湿的木头地板被他踩得吱嘎作响。男人一动不动，令他不禁开始怀疑他是否已经接待过别的客人了。

"喝马黛茶吗？"你父亲背对着他问。他把用过的茶叶倒进水槽。

他说好。你父亲指了指其中一把椅子，让他坐下。

"我跟你的妻子不熟。"你父亲说。他用手指掏出马黛茶杯中用过的茶叶，把它们扔进水槽。

"但您的妻子认识她。"我丈夫说。

"我的妻子离开了。"

他把马黛茶放在桌上。他并没有重重地放下茶杯，但动作也算不上轻柔。他坐在我丈夫面前，茶杯里放着茶叶和糖，静静地看着他。

"您说吧。"他说。

在他的背后，有两幅男人和同一个女人的合影挂在墙上。在那下面还有更多男人和不同的马的合影。所有的照片都是用一个钉子挂起来的，一张张照片间用麻绳串在一起。

"我的女儿情况不好，"我丈夫说，"事情已经过去一个月了，但是……"

你父亲没看他。他又倒了一杯马黛茶。

"我是说，她看起来是好的，他们把她治好了，皮肤上的斑痕现在也不那么痛了。尽管经历了所有这一切，她毕竟在恢复。但有些别的东西，而我不知道那是什么。在她的体内，有些别的什么——"他停了几秒钟才继续说下去，仿佛想要想办法说得让你父亲能够理解，"您知道发生了什么吗？您知道妮娜这是怎么回事吗？"

"不知道。"

一阵长久的沉默。两人谁也没动弹。

"您应该知道的。"

"不知道。"

我丈夫捶了一下桌子。他已经有所节制了,但下手还是很重,糖罐弹了起来,盖子滚到了一边。这时你父亲终于看着他了,但他显得并不吃惊。

"您明知道,我没有任何东西可以告诉您的。"

你父亲把吸管放到嘴边。这是整个厨房里唯一有点儿鲜艳色彩的东西。我丈夫还想说点儿什么。但这时他听到了走廊里传出的声音。那边有什么东西,但从我丈夫坐的位置看不见。而对你父亲来说,这事情司空见惯,因此他并不紧张。那是你,大卫。尽管你身上有些东西不一样了,尽管我说不清是什么。但那确实是你。你探头看着厨房,看着那两人。我丈夫也看着你,他的拳头松开了;他想算出你有多大。他专心地盯着你奇异的视线看,你看东西的样子有时显得有点傻;他看着你身上的斑痕。

"你看。"你父亲说着,又倒了一杯马黛茶,依然没喝,"你看到了。我自己也想找个人问这是怎么回事呢。"

你静静地等待着,看着我丈夫。

"现在,他把一切都系在一起。"

你父亲指了指客厅,那边有更多的东西被用麻绳挂起来,或者互相串在一起。此时此刻,我丈夫所有的注意力都被吸引到那边去了,尽管他不知道该说什么。东西看起来量不大,但不如说,更像是你在用你的方式,把屋子里留下的所有东西做成纪念品。我丈夫又回头看了看你,想要搞明白这一切是怎么回事。但你从门口跑出去了,两人陷入沉默,听着你的脚步声渐渐远去。

"来吧。"你父亲说。

两人几乎同时起身。我丈夫跟着他走到外面。他看着他边走下楼梯边四处张望,可能是在找你。在他眼中,你父亲是个高大、强壮的男人,他看着他放在身体两侧的大手。他已经走到了离屋子很远的地方。我丈夫朝他走了几步。两人离得很近,在这片土地中显得孤零零的。在豆田再过去一点的地方,能看到乌云下有什么绿色的东西在闪闪发亮。但从进门到走到小溪,两人叫下的土地都是干燥、枯硬的。

"您知道么,"你父亲说,"我之前是养马的。"他摇摇头,也许是在暗自惋惜。"但,您听见任何我的马的声音了么?"

"没有。"

"您听到任何其他声音了么?"

你父亲四处张望,仿佛他能听到的声音来自比我丈夫能听到的声音远得多的地方。空气中闻起来有股雨水的气息,地面上吹起一股潮湿的风。

"您得走了。"你父亲说。

我丈夫点点头,仿佛在感谢他的指示,或许可。

"如果下雨,不要走土路。"

两人一起走向他的车,这时两人间的距离隔得稍远一些了。这时,我丈夫看见了你。你正坐在汽车的后座上。从后面几乎看不见你的后脑勺。我丈夫走近汽车,从驾驶座的车窗探进脑袋。他想叫你下车,他现在就要走了。你笔直地坐在后座上，看着他的眼睛，仿佛在哀求。通过我丈夫的眼睛，我看见了你的眼睛，也看到了其中的另一双眼睛。你系着安全带，盘腿坐在后座上。你的一只手伸向妮娜的鼹鼠玩具。你的脏手指悄悄地搭在玩具的爪子上，仿佛想要把它拿过来。

"下车。"我丈夫说。"现在就下车。"

"他好像想去别的地方。"你父亲说着，打开后座的车门。

那双眼睛绝望地寻找着我丈夫的视线。但你父亲松开安全带，拉住你的胳膊，把你拽出了车。我丈夫怒气冲冲地上了车。与此同时，那两个人影渐渐远去了，两人回到了房子里，相隔着很远的一段距离。一个身影先走进去，接着是另一个，然后大门从里面关上了。直到此时，我丈夫才发动引擎，驶下山坡，开上石子路。他觉得自己已经浪费了太多时间。他没有再在镇上停留。他没有再回头看。他没有再看那些豆田，在干枯的土地上纵横交错的溪流，数公顷未开垦的土地，别墅、工厂。他朝城市开去。他的回程要慢得多。路上有太多车，越来越多的车，挤满了大道上的每一条支路。交通已经完全停滞了数小时，地面上冒着滚滚热气。他没有看到最重要的事：那根线最终松开了，如一截灯芯在某处无声无息地燃烧殆尽；一度陷入沉寂的灾难即将苏醒。